De la même autrice, aux éditions Charleston poche :

Toujours en été, 2025
On s'est aimés comme on se quitte, 2021

Publié avec la collaboration de Lilas Seewald – Agence littéraire
#lavraievie

76, boulevard Pasteur
75015 Paris – France
www.editionscharleston.fr

Maquette : Christine Porchat

ISBN : 978-2-38529-472-4

Pour suivre notre actualité, rejoignez-nous sur Facebook (Éditions.Charleston), sur Instagram (@editionscharleston) et sur TikTok (@editionscharleston) !

Charleston s'engage pour une fabrication écoresponsable ! Amoureux des livres, nous sommes soucieux de l'impact de notre passion et choisissons nos imprimeurs avec la plus grande attention pour que nos ouvrages soient imprimés sur du papier issu de forêts gérées durablement.

Charlie Wat

UNE HISTOIRE D'AMOUR SANS CARIBOU

Roman

POCHE
CHARLESTON

À toi, qui peins ma vie aux couleurs du bonheur
et me fais croire aux contes de fées…

1

La sonnerie retentit. Elle agrippa son tote bag. L'épreuve commençait.

Aiguisé par des années de pratique, son instinct repéra immédiatement le meilleur itinéraire. Prendre le temps de la réflexion était de toute façon impensable dans un milieu aussi hostile.

À peine montée, Fanny se fraya un chemin entre l'énorme sac à dos d'un lycéen et une poussette-canne dans laquelle se débattait une fillette en pleine crise de nerfs. Fanny poursuivit sa route sans se laisser distraire – la moindre seconde de déconcentration se paierait au prix fort. Elle joua des coudes, des hanches, écrasa un pied, trébucha sur une cheville, s'excusa une bonne dizaine de fois et parvint finalement, au prix d'un effort titanesque, à atteindre le siège qu'elle convoitait.

Pile au même moment que l'homme d'une cinquantaine d'années qui se figea devant elle… Elle le regarda, il la regarda, le face-à-face s'éternisa. En cet instant précis, l'issue de la bataille était des plus incertaines.

Vaincu par un reste de galanterie et/ou l'air exténué de la jeune femme, l'homme finit par céder et l'invita à s'asseoir. Fanny avait remporté cette lutte.

— Vous êtes sûr ? demanda-t-elle pour la forme, gênée malgré tout de lui avoir coupé l'herbe sous le pied.

— Je vous en prie, répondit-il en soufflant, tandis qu'il levait les yeux au plafond à la recherche d'une poignée à laquelle se cramponner.

Consciente du sacrifice, Fanny le remercia chaleureusement et s'installa. Elle soupira d'aise, fière de ce qu'elle venait d'accomplir. Trouver une place aux heures de pointe tenait en effet du miracle.

Le train se mit en branle.

La jeune femme sortit son nécessaire à tricot, deux aiguilles longues et fines d'où pendaient une pièce mauve et une pelote de laine angora de la même couleur. D'ici quelques jours, cet embrouillamini de laine se métamorphoserait en un gilet pour Lilou. Fanny espérait qu'il serait prêt pour Noël. Elle savait à quel point sa fille souhaitait un vêtement « plein de poils », comme elle disait.

Le cadeau pour Tom, lui, était déjà emballé depuis deux mois : un pull en cachemire gris à l'effigie d'un caribou blanc. Fanny avait mis des semaines à le réaliser, sans compter les jours passés à chercher un patron convenable sur Internet. Le bonheur de ses enfants n'avait pas de prix. Elle sourit aux anges en pensant à la tête que ferait Tom lorsqu'il découvrirait le vêtement tout doux – surtout l'animal dessus – qu'elle lui avait confectionné.

Depuis que la maîtresse avait raconté à ses élèves un joli conte dans lequel le héros était un caribou, son fils nourrissait une véritable passion pour cet animal, à tel point qu'Arlette, sa grand-mère, lui en avait offert un en peluche. Au début, Lilou prenait un malin plaisir à reprendre son frère chaque fois qu'il évoquait les « caribous ». Elle soufflait, avec son air de grande-sœur-qui-sait-des-trucs :

« On appelle ça un renne, ici. *Caribou,* c'est le nom canadien. »

Si, pour faire plaisir à sa grande sœur qu'il admirait, le petit garçon se forçait à dire « renne » durant une poignée d'heures, le mot « caribou » refaisait irrémédiablement surface dès le lendemain. En désespoir de cause, Lilou avait fini par capituler et accepter cette désignation, tout comme l'avaient fait Fanny et Arlette. Il était donc désormais acquis pour toute la famille que la peluche était un caribou, et non un renne, comme cela avait été inscrit, malencontreusement dirons-nous, sur l'étiquette.

Bref.

Concentrée sur son ouvrage, Fanny ne leva pas la tête quand le train s'arrêta à la gare suivante. Elle ne la leva pas non plus quand il repartit dans un bruit de piston. Ne la leva toujours pas quand la rame freina d'un coup sec.

Déséquilibré, le quinquagénaire, qui avait lâché la poignée pour consulter son téléphone, se rattrapa à l'épaule de la jeune femme.

— Désolé, fit-il en retirant sa main comme s'il venait de prendre un coup de jus.

Fanny, qui n'avait rien senti, arqua un sourcil surpris sans lâcher son ouvrage. Ses doigts s'activaient sur les aiguilles avec agilité. Elle était si expérimentée qu'elle était capable de tricoter en regardant la télévision ou en lisant un livre. Ou le titre sur la couverture du magazine que la femme feuilletait à côté d'elle.

« Bientôt une pilule anti-cancer ? »

Fanny frissonna dans la chaleur suffocante de la rame bondée.

Le cancer avait été fulgurant. Il avait emporté l'homme de sa vie en à peine neuf mois, neuf mois de chagrin, de souffrance et d'amour. C'est ainsi que Fanny était devenue veuve à trente ans, à l'âge où ses amies de lycée se mariaient.

Depuis trois ans, Fanny tricotait beaucoup. À vrai dire, tout le temps qu'elle ne passait pas avec ses enfants, à la maison de retraite ou à s'occuper de l'intendance de son foyer, elle le passait à fabriquer des habits, des couvertures ou des poupées en jersey qu'elle bourrait de ouate pour leur donner du volume. À ses collègues de la résidence des Tilleuls qui s'étonnaient de la voir sans arrêt penchée sur ses aiguilles, Fanny expliquait simplement qu'elle s'était lancée dans le tricot pour s'occuper l'esprit après la mort de son mari. En général, pour éviter la compassion et la pitié qui la mettaient mal à l'aise, elle ajoutait : « Aujourd'hui, ça va mieux. »

À la station suivante, le nombre de voyageurs augmenta encore. La promiscuité était telle que les gens debout ne pouvaient même plus se tenir aux barres verticales. On ne comptait plus que sur l'équilibre. Fût-il précaire.

Le train démarra dans une succession de légères secousses. Tout à coup, de petits gloussements éclatèrent sur la gauche et se répercutèrent sur la droite. Curieuse, Fanny abandonna sa laine angora et chercha la raison de ces rires. Elle aperçut très vite la source de cette soudaine bonne humeur générale : lassé de ne pouvoir s'accrocher nulle part, un jeune homme se tenait au manche d'une ventouse qu'il avait collée au plafond. L'étudiant feignait de ne pas remarquer l'effet que son coup de malice suscitait autour de lui. Fanny sourit, il ne faisait aucun doute que son idée ferait des émules et que certains emprunteraient désormais les transports en commun avec une ventouse dans leurs affaires.

Deux vibrations. Elle posa ses aiguilles pour consulter le message qui venait d'atterrir sur son téléphone portable.

Les enfants sont à la douche, je prépare la blanquette, tu auras de quoi remplir quelques Tupperware pour ton frigo. Bisous. Maman

Heureusement que sa mère était là ! La mort de Sébastien avait été un cataclysme. Si Fanny avait gardé la tête hors de l'eau, c'est grâce au soutien d'Arlette. À sa façon de gérer Tom et Lilou, de préparer de bons repas, d'offrir son épaule à sa fille. Par sa présence, Arlette avait su aplanir la montagne qui s'était dressée devant Fanny quand le médecin avait débranché les appareils.

Un second message s'afficha. Il provenait de Nadia, sa collègue de l'équipe de nuit.

Je n'ai pas réussi à t'avoir. Carambar s'est installé sur le lit de Noël…

Fanny plaqua sa paume contre ses lèvres.

Le train entra en gare. La voisine de Fanny enjamba les genoux de la jeune femme. Les aiguilles tombèrent à ses pieds, quelques mailles mauves se détricotèrent. La femme murmura des excuses que Fanny n'entendit pas. Elle n'entendit pas non plus le conducteur annoncer que le terminus du train était modifié.

Pâle et pétrie d'angoisse, elle porta le téléphone à son oreille et attendit la tonalité. En vain. Tout en ramassant la pelote de laine et les aiguilles, elle pesta contre ce réseau défaillant qui l'empêchait de parler à Nadia.

Carambar ne se trompait jamais.

JA-MAIS.

2

La nuit avait déjà recouvert les trottoirs quand Fanny quitta la gare, les yeux rivés à son téléphone, à la recherche de ce fichu réseau.

Enfin, ça captait. Il y eut une tonalité. Puis deux, puis trois, puis cinq.

La voix enjouée de Nadia l'invita à laisser un message vocal après le bip. Elle raccrocha. Sa collègue devait courir quelque part entre le réfectoire et les chambres, affairée à la distribution des repas.

Les phares des voitures éclairaient la chaussée, la fumée des pots d'échappement s'envolait. Un klaxon nerveux explosa, suivi d'une autre salve. À cette heure, les embouteillages étaient légion, d'autant qu'une voie avait été neutralisée pour des travaux qui peinaient à démarrer. Le cœur gros, le visage et les mains cinglés par le vent froid, Fanny traversa la rue et rejoignit l'arrêt d'autobus.

Une dizaine d'individus frigorifiés s'y agglutinaient. Moral dans les chaussettes ou non, la jeune femme allait devoir encore affronter la foule compacte et irritable d'un bus coincé dans une circulation trop dense. Si aucun accroc ne venait s'incruster, elle arriverait chez elle d'ici une bonne demi-heure.

Elle s'appuya contre un panneau publicitaire vantant les mérites d'un parfum Chanel qu'elle ne pouvait pas s'offrir, et attendit que le bus pointe le bout de son pare-chocs. Tandis qu'elle remontait son écharpe sur son menton, le texte du SMS dansa dans sa tête comme un mauvais rêve et lui noua l'estomac. Elle tâcha de se reprendre et de lutter contre la peine que lui inspirait l'annonce de Nadia. Après tout, Carambar n'était qu'un chat. Et un chat, ça pouvait se tromper, non ?

Fanny fouilla dans sa mémoire à la recherche d'une défaillance : un à un, avec une acuité qui l'étonna, défilèrent les noms des derniers pensionnaires qui avaient accueilli le chat roux sur leur lit cette année : Agathe Marlier, Paul Lasvergnas, André Bontemps, Marcel Fraizard, Colette Niau, Yvonne Chavez. Tous décédés dans les deux semaines.

Fanny remonta plus loin dans ses souvenirs. Elle n'en récolta qu'un constat amer : en treize ans, le vieux matou n'avait commis aucune erreur. Quinze jours après qu'il s'était installé sur un lit, le pensionnaire s'envolait.

Fanny prit le parti d'espérer quand même, ça ne coûtait pas cher. Comment se résoudre au fait que Jean-Noël, ou Noël comme elle avait coutume de l'appeler, la quitte bientôt ?

Le bus arriva au bout de quinze minutes. Elle s'engouffra dans la file et se hissa à l'intérieur. Tandis que sa tête dodelinait au rythme des secousses du véhicule, ses yeux commencèrent à rougir. Elle luttait pour ne pas pleurer.

Quand même, se rabroua-t-elle, *ça fait combien de temps que tu travailles dans cette maison de retraite ? Tu ne crois pas qu'il est temps de t'endurcir ?*

La mort faisait partie du boulot. C'était aussi ça, travailler auprès de personnes âgées : tôt ou tard, les pensionnaires étaient amenés à disparaître.

D'ailleurs, pas besoin d'être vieux pour tirer sa révérence, elle était bien placée pour le savoir.

Elle se trouvait ridicule avec ces larmes qui montaient.

Un groupe de jeunes filles écoutait de la musique sur un téléphone portable, sous les regards excédés des autres passagers. Deux d'entre elles se mirent soudain à chanter. Une femme enceinte se pelotonna dans le coin réservé aux fauteuils roulants. Un jeune homme lui proposa de s'asseoir à sa place. La future maman accepta avec plaisir.

Fanny en éprouva une bouffée de reconnaissance soudaine envers l'humanité : ces petites attentions gratuites lui rappelaient que les gens pouvaient être bons et que la vie, même si elle ne l'avait pas épargnée, savait aussi être douce.

Après avoir acheté une baguette industrielle dans une boulangerie quasi vide, elle parvint à son immeuble. Elle pénétra dans le hall, jeta un coup d'œil distrait à la boîte aux lettres, en sortit deux factures et trois prospectus. L'ascenseur n'avait pas été réparé. Elle se résigna à monter les six étages, non sans remarquer au passage les nouveaux graffitis dans la cage d'escalier déjà bien garnie niveau tags.

Une délicieuse odeur de blanquette flottait sur le perron.

— Mamaaaaan !

À peine eut-elle ouvert la porte que Tom et Lilou lui sautèrent dans les bras. Elle déposa son gros sac dans le couloir, ainsi que son pain congelé, en se contorsionnant pour ne lâcher ni son fils ni sa fille. Elle les serra fort, plus fort encore qu'à l'accoutumée. Ce soir, elle avait le cœur gros. Il n'y avait pas de meilleur remède à la tristesse que l'amour de ses deux enfants.

Arlette apparut au bout du couloir, un torchon à la main. Elle portait le tablier que Fanny avait offert à Sébastien pour la fête des Pères. « Certifié meilleur papa du monde » déclarait le tablier trop grand pour la taille fine d'Arlette. Elle déposa une bise sur la joue fraîche de sa fille.

— Alors ? Cette journée ?

— Comme d'hab, rétorqua Fanny sans conviction. Je suis vannée… Et toi, ça s'est bien passé avec les enfants ?

— Oui, les douches sont prises, Lilou a révisé son contrôle de géométrie et Tom a décidé qu'il voulait adopter une grosse bête…

— Un caribou ?

Les yeux d'Arlette roulèrent en direction du petit garçon qui baissait la tête, penaud.

— Bah oui, évidemment, un caribou… Je lui ai expliqué qu'il était impossible d'accueillir un caribou dans de bonnes conditions dans un trois pièces, mais bon, Tom m'a répondu qu'il voulait bien lui donner son lit, alors…

Fanny s'agenouilla devant Tom et lui prit la main.

— Tu sais, commença-t-elle, un caribou a besoin d'espace pour courir, il serait malheureux ici. En plus, en ce moment, les caribous ont pas mal de travail, je te rappelle qu'ils sont réquisitionnés par le Père Noël…

— Ça veut dire quoi « réquisitionné » ? intervint Lilou qui adorait apprendre de nouveaux mots et compilait des définitions dans un cahier sobrement intitulé : « Les mots que j'aime ».

Avec une douceur lasse, Fanny leva les yeux vers sa fille un peu trop en avance sur son âge.

— Ça signifie qu'on leur a demandé à tous de se tenir prêts au cas où.

— Mouais, je vais quand même regarder dans le dictionnaire pour connaître la définition exacte.

— Tous tous ? interrogea quant à lui le garçonnet, sur un ton où se mêlaient perplexité et déception.

— Je le crains…

Lilou pouffa, Fanny fronça les sourcils. Comprenant le message, la fillette se mordit la lèvre.

— Allez, viens, Tom, je vais t'en faire un, moi, de caribou, lui promit gentiment la petite fille en le traînant vers la chambre. Et celui-là, tu pourras le garder avec toi.

Tandis que Fanny les regardait s'éloigner dans le couloir, un sourire se dessina sur ses lèvres. La complicité de ses enfants était un cadeau.

— Je t'ai mis un Tupperware dans le frigo et un autre dans le congélateur. Le reste est dans la cocotte, ça continue de mijoter doucement…

— Merci, Maman…

— De rien, ma chérie. Allez, je me sauve, ton père m'a trouvé une occupation pour ce soir. Il paraît qu'Anne et Martin ont une coupure d'électricité. Bien sûr, Papa leur a proposé que je m'occupe des lessives et que je leur fasse à manger en attendant que ça revienne. Il est marrant, ton père, il aime bien rendre service, surtout quand ça ne l'engage à rien, lui… Mais bon, ce n'est pas à soixante-trois ans qu'on va le changer, pas vrai ? Du coup, je me suis permis de t'emprunter un saladier pour embarquer un peu de blanquette. Je te le rapporterai demain.

Dix minutes plus tard, Arlette était partie. Lilou disposait les trois assiettes et les fourchettes sur la table, Tom s'occupait des serviettes et Fanny des couteaux. Elle venait de couper trois morceaux de pain et s'apprêtait à servir le plat quand des chants d'oiseaux émanèrent de son téléphone posé près de la télévision, dans le salon. C'était Nadia. Elle se précipita pour répondre.

— Alors ?

— Alors, il est toujours roulé en boule à côté de lui. Il refuse de descendre du lit.

— Tu as essayé les croquettes ?

— Ça fait deux heures que j'agite le paquet devant la chambre. Il n'en a strictement rien à faire. Il ronfle et il ronronne. Et moi, j'ai l'impression de sentir la croquette jusque dans les cheveux.

— Et Jean-Noël ?

— Il est fatigué, et un peu pâle. Mais il va bien…

— Et pour Carambar, qu'est-ce qu'il dit ?

— Que ça fait longtemps qu'un minou ne s'est pas approché de lui d'aussi près…

Fanny ne put s'empêcher de glousser. Ce genre de blagues douteuses, c'était tellement lui.

— Tu sais comment il est…, crut bon d'ajouter Nadia pour refréner l'envie de pouffer qui la chatouillait elle aussi, à l'autre bout de la ligne.

— Et sa toux ? s'enquit Fanny à voix basse, en se rembrunissant soudain.

— Je ne sais pas, stable, je dirais… Mais elle n'est pas belle, ça non… Même Carambar, ça le fait sursauter quand il lui prend des quintes…

Fanny se tut. Dans la cuisine, ses enfants se chamaillaient. Une histoire de croûtons, apparemment. Mais leurs voix étaient comme assourdies par l'angoisse qui étreignait la poitrine de la jeune femme.

— Ma chérie, reprit Nadia pour que le silence ne s'installe pas, il a quatre-vingt-quatre ans, qu'est-ce que tu veux...

— Je sais, trancha Fanny. Je dois te laisser, les enfants...

Le reste se perdit dans un sanglot. Elle allait raccrocher.

— Attends ! lui enjoignit sa collègue. Il voudrait que tu passes le voir demain. Il a quelque chose à te dire. Je me suis arrangée, tu pourras commencer par lui...

Nadia était si prévenante.

— Tu es un amour...

— Ouais, je sais, t'oublieras pas de passer un coup de fil à mon ex pour le lui dire, répliqua son amie pour détendre l'atmosphère.

— T'es bête...

— C'est exactement ce que mon ex m'a lancé avant-hier. Vous vous êtes passé le mot ou quoi ?

— C'est un idiot qui ne s'est pas rendu compte de sa chance...

— Tu veux qu'on se marie, toi et moi ? On pourrait avoir une grande maison à côté du parc, et un labrador. À la limite, on lui mettra des cornes. Ça fera plaisir à ton fils. Toujours à fond sur le caribou ?

— Plus que jamais, soupira Fanny.

— On n'aura qu'à en prendre un couleur chocolat et on lui apprendra à bramer plutôt qu'à aboyer, qu'est-ce que tu en dis ? On se marie ?

— On en reparle dans cinquante ans ?

— Dommage, je suis une affaire en or, tu sais pas ce que tu rates. Vu la file d'attente devant ma porte, je risque de ne pas être libre très longtemps. M'enfin, tant pis pour toi...

Fanny raccrocha, pleine de gratitude envers Nadia qui, avec son humour et sa gaieté, s'évertuait toujours à adoucir sa peine.

Toute la nuit, Fanny vit défiler les heures sur son téléphone. Le sommeil refusait de lui accorder la moindre trêve. Quand le réveil sonna, elle se leva dans un mélange d'inquiétude, de lassitude et de hâte. Il lui tardait de voir Jean-Noël. Elle oublia même de tricoter dans le train : son esprit était trop préoccupé par le vieil homme pour qu'elle puisse se concentrer sur autre chose.

Elle traversa le long couloir des Tilleuls orné de guirlandes et de boules pendues au plafond. La décoration festive contrastait avec son humeur maussade.

Parvenue devant la porte de Jean-Noël, elle hésita quelques secondes avant de frapper, craignant de découvrir ce qui l'attendait à l'intérieur de la chambre.

Enfin, elle s'arma de courage et toqua. Une voix brusquement traversée par un accès de toux lui répondit. Elle abaissa la poignée. La porte s'ouvrit.

Dans la pénombre striée par la lumière du jour naissant, c'est le gros chat roux qu'elle aperçut d'abord. Carambar, couché sur le côté, s'étirait paresseusement.

3

Fanny marqua une courte pause sur le seuil, le temps de faire la mise au point sur la forme qui enflait sous la couverture. Lorsque sa vision eut suffisamment apprivoisé l'obscurité, elle distingua la tête qui en dépassait.

— Ah, Fanny, c'est toi, je t'attendais.

La jeune femme s'approcha et tendit le bras vers la tempe brûlante du vieil homme. Carambar se dressa, baragouina un miaulement et vint frotter ses oreilles contre le poignet tremblant de l'aide-soignante.

— Comment ça va, ce matin ? l'interrogea-t-elle d'une voix brisée par l'émotion.

— Il paraît que j'ai bonne mine, un vrai jeune homme selon Nadia.

Il toussa. Elle lui tendit un mouchoir et sourit tristement.

— Faites attention à elle, plaisanta-t-elle même si l'envie lui manquait, elle peut être redoutable parfois…

Il se souleva sur ses coudes et lui lança à voix basse :

— Tu veux dire qu'elle aime les beaux garçons comme moi ?

Il lui décocha un clin d'œil qu'elle perçut malgré la relative obscurité de la chambre. Elle se baissa et, pour toute réponse, l'embrassa sur la joue.

— Tsst tsst tsst, n'insiste pas, la maturité d'un vieux pruneau comme moi, ça se mérite…

Nouvelle quinte. Quand celle-ci se fut calmée, il ajouta :

— C'est que je ne suis pas un garçon facile, moi…

Carambar sauta en bas du lit en direction d'un petit tas de croquettes laissées là par Nadia. La chambre résonna alors des craquements des granulés au saumon sous les incisives du matou. Comme hypnotisée par le bruit régulier, Fanny attendit la fin du repas du chat pour proposer d'ouvrir les rideaux, cherchant davantage à s'occuper les mains qu'à laisser entrer la lumière au risque de se confronter à la vision de son ami diminué.

Elle remonta les volets roulants avec lenteur. Derrière elle, la toux de Jean-Noël avait repris. Son ventre se serra.

Oh non, Jean-Noël…

Comment se résoudre à assister, impuissante, à l'agonie de son complice ? Pour chasser la tristesse qui revenait sous la forme de petites gouttes au coin de ses paupières, elle convoqua les plus beaux souvenirs qu'elle avait de lui. Elle se remémora l'arrivée de ce petit homme débonnaire. Elle se rappelait l'étonnement qui l'avait saisie face à l'énergie débordante de ce vieux monsieur. En règle générale, les pensionnaires étaient placés par leur famille parce qu'ils n'étaient plus autonomes, ce qui n'était manifestement pas son cas.

Puis elle avait croisé son petit-fils et sa femme, un couple habillé en Dior des pieds à la tête, un Porsche Cayenne garé sur le parking des Tilleuls, une attitude hautaine avec le personnel… Bref, elle avait vite compris que le vieux Jean-Noël était devenu un poids que personne n'avait envie de porter ; on pouvait payer, alors on payait et on passait lui rendre visite pour se donner bonne conscience, deux fois par an maximum.

Dans l'esprit de Fanny défilèrent leurs innombrables fous rires quand Jean-Noël dépeignait les petits travers des autres résidents. Mais l'homme n'était pas qu'un boute-en-train. La jeune femme revivait leurs interminables et précieuses discussions. Elle entendait encore ces mots qu'il avait trouvés à la mort de Sébastien. Elle se confiait à lui sans retenue. Entre eux était née une amitié sincère.

Le ronronnement de Carambar la tira de ses réflexions. Elle se retourna. Le chat était revenu à sa place initiale, lové contre Jean-Noël qui le caressait avec tendresse. Le vieil homme invita la jeune femme à s'asseoir sur le lit.

De sa main parcheminée, Jean-Noël recouvrit les doigts aux ongles rongés de l'aide-soignante. Il planta ses yeux dans les siens et prit une inspiration. Visiblement, ce qu'il s'apprêtait à prononcer lui coûtait.

— J'ai quelque chose à te demander… Un… service…

Fanny se contracta. Ce début de phrase sentait les dernières volontés à des kilomètres. Non, non, non et non, il ne pouvait pas mourir. Tout le corps de Fanny se rebiffait à cette idée. Jean-Noël esquissa un léger sourire.

— Noël, je…

— Prends la boîte qui se trouve dans le tiroir, s'il te plaît, la coupa-t-il.

Bouleversée par les yeux humides de son ami, elle s'exécuta et ouvrit le tiroir de la petite table de chevet. À l'intérieur l'attendait une boîte à biscuits en fer. Elle l'observa sans oser bouger.

— Ouvre-la, lui commanda-t-il gentiment.

Elle agrippa le rebord de la boîte et souleva le couvercle qui céda dans un cliquetis métallique. Ses yeux tombèrent sur un livre à la couverture en cuir.

— *Belle du Seigneur.*

Elle regarda le vieil homme sans comprendre. Il précisa :

— Le roman, c'est *Belle du Seigneur* d'Albert Cohen. Tu l'as déjà lu ?

Elle secoua la tête.

— C'est dommage, il n'y a pas plus belle histoire d'amour que celle-ci…

Cela faisait bien longtemps qu'elle n'avait pas lu. Au moins depuis le départ de Sébastien. Elle n'avait ni le temps ni, surtout, l'énergie pour se perdre dans d'autres histoires que la sienne.

— Tu veux bien prendre le livre et l'ouvrir à la page où il y a un marque-page ?

Ouf.

Ce n'était pas son testament que Jean-Noël s'apprêtait à lui dévoiler, il voulait seulement qu'elle lui fasse la lecture. Elle sentit son estomac se dénouer. Hélas, son soulagement fut de courte durée.

Elle ouvrit le roman à la page indiquée. En guise de marque-page, une magnifique fleur séchée dormait dans un sachet cristal.

— C'est un edelweiss, expliqua Noël. C'est une fleur de chez moi, plutôt rare. Nous l'avons trouvée par hasard en 1961, j'avais vingt ans…

Un voile de mélancolie recouvrit ses iris tandis qu'il ajoutait :

— Ça fait un bail, pas vrai ?

Fanny acquiesça et s'attarda sur son visage fatigué. Elle tenta de distinguer, derrière les rides, les traits du jeune homme qu'il avait été.

— Oh, pas tant que ça, rétorqua-t-elle pour se donner une contenance.

Il toussa.

— Il y a une enveloppe à la fin du livre. Tu veux bien l'ouvrir pour moi ? demanda-t-il dès que sa toux lui en laissa l'opportunité.

Elle prit entre ses mains l'enveloppe Kraft qui semblait avoir traversé les siècles et la décacheta délicatement. Elle en extirpa une photographie en noir et blanc. Sur le cliché, une toute jeune femme prenait la pose. Blonde, les cheveux courts, le sourire espiègle, une robe unie qui descendait jusqu'à ses mollets. Des montagnes se dessinaient en arrière-plan. Fanny retourna mécaniquement le cliché. « Juillet 1961 » avait été inscrit au verso au crayon à papier. L'aide-soignante revint sur la jeune femme de la photo. Comme elle s'y attardait, Jean-Noël précisa :

— Elle s'appelle Hélène. Elle est belle, n'est-ce pas ?

Fanny opina du chef. C'est vrai qu'elle était belle, cette Hélène.

Si, de son côté, elle n'était pas avare de confidences, c'était en revanche la première fois que Jean-Noël lui parlait réellement de son passé.

— Elle et vous… vous étiez… ?

— Amoureux comme pas possible ! répliqua aussitôt le vieil homme avant d'être à nouveau assailli par une quinte.

Puis :

— Ne fais pas cette tête-là, Fanny, elle n'est pas encore morte, si c'est ce que tu penses.

— Je ne pense rien du tout, se défendit-elle en songeant que, décidément, Jean-Noël la connaissait sur le bout des doigts.

— Mais on est parfois bête quand on est jeune…

À ces mots, son visage s'assombrit. Il poursuivit cependant :

— Alors, voilà. Je voudrais que tu lui remettes l'edelweiss. En souvenir de nos belles années et de notre amour. Pour qu'elle sache que je ne l'ai jamais oubliée…

Fanny réfléchit à voix haute :

— Je peux passer à la Poste pendant ma pause, mais il faudrait l'emballer dans du papier bulle pour qu'elle ne s'abîme pas…

Le vieil homme secoua la tête et effleura les oreilles de Carambar.

— Fanny, c'est important pour moi… Je voudrais que tu lui donnes en main propre, je ne peux pas risquer qu'il soit perdu ou détruit, tu comprends ? Je ne veux pas quitter ce monde sans qu'elle sache à quel point elle a compté dans ma vie.

Il se remit à tousser.

— Eh bien, dans ce cas, continua à réfléchir Fanny, j'imagine que je peux y aller ce soir ou demain, je vais appeler ma mère pour la prévenir que je rentrerai un peu plus tard… Vous avez son adresse ?

— Elle tient un petit hôtel dans le Jura.

— Dans le Jura ? s'alarma la jeune femme. Mais c'est très très loin…

— Je t'en prie, Fanny. Fais ça pour un vieux monsieur qui n'en a plus pour très longtemps et qui garde un souvenir impérissable de celle qu'il n'aurait jamais dû quitter.

Au début, bien sûr, elle refusa. D'abord, elle n'avait pas de congés, ou très peu. Et puis, il y avait ses enfants, l'école… Partir dans le Jura l'obligerait à quitter son domicile plusieurs jours d'affilée, Arlette ne pouvait pas prendre en charge les petits trois ou quatre jours… À chaque argument contre, Noël opposait un argument pour : « Les vacances de Noël sont bientôt, non ? », « Je suis sûr que Nadia acceptera de te remplacer. »

On aurait dit qu'il avait, en amont, paré à toutes les éventualités. N'empêche, Fanny refusa.

Le soir, elle évoqua brièvement avec Arlette la mission farfelue que Jean-Noël lui avait assignée.

— Tu lui as répondu quoi ? interrogea Arlette quand elle eut terminé son exposé.

— Que c'était n'importe quoi, évidemment.

Elle s'attendait à ce qu'Arlette abonde dans son sens. Aussi fut-elle surprise d'entendre sa mère articuler après une courte pause :

— Dis-moi, ça fait combien de temps que tu n'as pas pris de vacances ?

Fanny garda le silence. Ça faisait trois ans qu'elle n'avait pas pris de vacances. Les dernières dataient d'avant la mort de Sébastien, dans les Pouilles, en Italie. De merveilleuses et douloureuses vacances. Fanny et Sébastien savaient qu'ils expérimentaient leurs ultimes moments à quatre, mais ils avaient décidé, pour les enfants comme pour eux-mêmes, de les vivre à fond.

Depuis, Fanny n'avait trouvé ni le temps, ni l'argent, ni l'énergie. Ni l'envie.

Trois ans donc que ses enfants n'avaient pas quitté leur triste banlieue.

Redoutant de comprendre où sa mère voulait en venir, Fanny commença à répondre que non, cette expédition dans le Jura ne s'apparentait nullement à des vacances, qu'on ferait l'aller-retour, que ça allait être rudement court, que dans la tête de Jean-Noël, c'était plus une opération commando qu'un séjour de villégiature, qu'on n'aurait pas le temps de dire ouf qu'il faudrait déjà rentrer…

— Si ça se trouve, on verra des caribous, intervint Tom en sautillant sur place.

Le garçonnet était heureux. À côté de lui, Lilou écrivait déjà la liste des vêtements à emporter.

— De toute façon, leur opposa Fanny, on n'a pas de moyen de locomotion. Ce n'est sûrement pas accessible en train et…

— Et si tu prenais ma voiture ? suggéra Arlette, le visage auréolé d'un immense sourire.

Un immense sourire qui se propagea sur les figures des deux enfants.

Fanny n'eut pas la force de doucher leur enthousiasme. Elle balaya le sujet d'un haussement d'épaules, elle allait réfléchir.

Elle passa la nuit suivante à hésiter. Elle se refit le film de son entrevue avec Jean-Noël, repensa à l'émotion du vieil homme à l'évocation de cette Hélène qui n'avait jamais cessé de compter. Elle revit Carambar, lové contre son ami, et frissonna de la terrible échéance dont il était l'annonciateur. Revit le ravissement de Lilou et de Tom à l'idée de quelques jours à la montagne.

Au terme d'une nuit hachée, la conclusion s'imposa : elle ne ferait que des malheureux si elle refusait.

Le lendemain, tout fut acté : Nadia la remplacerait tandis qu'elle partirait quatre jours, pas davantage, pendant les vacances de Noël avec ses enfants, dans la petite Clio rouge de sa mère.

Une semaine plus tard, elle alla saluer Noël et Carambar qui refusait obstinément de changer de crémerie.

— Ça y est ? interrogea le vieil homme quand il vit entrer Fanny. C'est le grand départ ?

Elle opina du chef.

— Vous me promettez de m'attendre ? Je vais faire vite, je vous le promets.

— Bien sûr que je vais t'attendre, répliqua-t-il avec un regard embué en lui tendant la petite fleur aplatie dans son sachet. Tu imagines un Noël sans le Père Noël, toi ?

Elle l'embrassa sur la joue et lui sourit. Quand, quelques minutes plus tard, elle traversa le hall de la résidence, elle eut un pincement au cœur en croisant le sapin rachitique qui ployait sous les décorations multicolores dont on l'affublait d'une année sur l'autre.

4

Le lundi, à l'aube, la petite Clio rouge s'était lancée sur les routes. À son bord, Tom et Lilou s'égosillaient en mode yaourt sur les musiques qui passaient à la radio. Fanny, elle, s'efforçait de rester concentrée sur l'autoroute qui n'en finissait pas. En elle s'affrontaient les sentiments les plus contradictoires : bien sûr, il lui tardait de rencontrer cette Hélène dont Jean-Noël paraissait si épris, mais la jeune femme était pétrie d'angoisse à l'idée que le vieil homme puisse mourir avant son retour. Et puis, de manière plus prosaïque, ce trajet l'inquiétait – elle qui n'avait jamais conduit en montagne s'imaginait déjà dérapant sur une plaque de verglas, pilant au bord d'un ravin et s'extrayant de la voiture en équilibre sous les hurlements de ses enfants.

Fanny savait mieux que quiconque inventer des scénarios catastrophe. « La catastrophite aiguë, voilà ta maladie, l'avait une fois charriée Nadia. La bonne nouvelle, c'est que tu peux en faire carrière. À ta place, je filerai tout droit à Hollywood. Des comme toi, ça court pas les rues. »

Avant de partir, Nadia lui avait d'ailleurs offert un tee-shirt et un mug. Sur le vêtement était écrit : « Le pire n'est jamais sûr », et sur la tasse : « Et si tout allait bien ? ».

En attendant, Fanny devait affronter les interminables lacets et les pentes raides, en priant pour que sa mère n'ait pas loupé le coche du contrôle technique et que les freins de la minuscule Renault soient en bon état. Heureusement, la veille, la présentatrice avait annoncé une météo clémente et l'absence de chutes de neige – qui ne devaient arriver que deux jours plus tard. Peu avare de précautions, Fanny avait tout de même emprunté des chaînes au gardien des Tilleuls.

Après deux pauses café-pains-chocolat-jus-d'orange-pipi et une troisième parce que ça sentait l'essence, non ? – il s'était avéré que l'odeur provenait d'un autre véhicule –, la Clio sortit de l'autoroute et entama sa montée. Au-dessus de la petite famille, le ciel se montrait menaçant, au grand dam de la jeune femme qui commençait à craindre une chute de neige imprévue. Lorsqu'ils parvinrent à Lons-le-Saunier, d'énormes flocons virevoltaient devant le pare-brise et s'accrochaient à la route.

À la faveur des températures hivernales, une couche de neige recouvrit l'asphalte et, très vite, le paysage s'habilla d'un épais manteau blanc. Tout en maudissant la miss météo qui, la veille, minaudait dans sa télévision, Fanny se cramponnait à son volant. Derrière elle, Tom s'extasiait devant les vallons enneigés. Lilou, de son côté, avait enfoncé des écouteurs dans ses oreilles. Elle chantonnait, les yeux rivés à la vitre, en pleine rêverie.

De temps en temps, on traversait un hameau ou on croisait un autre véhicule, en sens inverse, obligeant

Fanny à se déporter et à longer le précipice de la montagne. Les habitations se faisaient à présent plus rares. Ses bras tremblaient, la visibilité était désormais moins bonne. À mesure que la voiture gagnait de l'altitude, le rideau de flocons se densifiait. Sous les roues, la neige devenait plus dure et les pneus de la voiture adhéraient moins. La jeune femme dut se résoudre à mettre les chaînes.

C'était la première fois de sa vie qu'elle se livrait à ce genre d'exercice. Bien sûr, elle s'était assurée d'une formation de base en regardant quelques tutoriels sur YouTube, mais, peu aguerrie à l'exercice, elle n'en menait pas large.

Elle gara la Clio sur le bas-côté, sortit du coffre trois doudounes prêtées par la voisine et exigea de ses enfants restés dans la voiture qu'ils les enfilent. Puis elle saisit la mallette contenant les chaînes ainsi qu'une paire de moufles. Tom ouvrit la portière.

— Maman, on peut sortir ?

— Non, restez dans la voiture, je n'en ai pas pour longtemps.

Il referma la porte, désappointé. L'enfant n'avait qu'une envie : lancer des boules de neige à sa sœur et commencer, enfin, à s'amuser.

Fanny s'agenouilla dans la neige et sentit le froid humide s'immiscer à travers son pantalon. Elle grelotta en regardant l'amas métallique qui pendait de ses mains engoncées dans ses moufles. Comment allait-elle bien pouvoir s'en sortir ?

Elle jeta un coup d'œil alentour, à la recherche d'une maison à laquelle elle pourrait toquer pour demander de l'aide. Rien, personne, il n'y avait pas âme qui vive dans ce patelin. Et, bien sûr, aucun véhicule ne descendait plus en sens inverse. Quelle poisse ! Elle soupira, lut le mode d'emploi, tenta de placer une des chaînes, réalisa que ses gants entravaient ses mouvements, et se décida, à contrecœur, à les retirer.

Ses doigts gelés, experts dans le maniement des aiguilles à tricoter, n'étaient plus capables de rien : ils ripaient sur la paroi en caoutchouc et refusaient obstinément de faire leur travail.

Non mais, franchement, il faut être sadique pour inventer un truc aussi compliqué à mettre que ces fichues chaînes !

Dans la voiture, Lilou s'impatientait. À son tour, elle ouvrit la portière et héla sa maman :

— Tu veux que je vienne t'aider ?

— Non, non, c'est presque terminé..., souffla Fanny dans un nuage de fumée.

Elle n'aimait pas mentir à ses enfants mais il était hors de question de leur dire qu'elle n'avait pas de solution et qu'elle ne savait pas comment se sortir de cette situation.

Malgré son jeune âge, Lilou était une enfant particulièrement mature et perspicace. Comprenant que sa maman était à bout de nerfs, elle zippa sa doudoune et la rejoignit dans l'espoir, non pas de l'aider à monter ces satanées chaînes, mais d'apporter un peu de réconfort à la jeune femme qui se démenait.

Une vingtaine de minutes s'étaient écoulées. On en était toujours au même point. Fanny se tenait debout près de la Clio, frigorifiée et désemparée. La moutarde lui montait au nez, la panique aussi. Pour éviter d'imploser, elle envoya un coup de pied dans la roue droite et réprima un cri de douleur. Elle s'en voulut immédiatement de s'être laissée aller à ce mouvement d'humeur devant sa fille.

Sébastien aurait su les monter, lui, ces chaînes de malheur...

Elle chassa cette pensée ainsi que les larmes qui attendaient en embuscade. Elle ne pouvait s'empêcher de voir dans ce tas de chaînes impossibles à placer une métaphore de ce qu'était devenue sa vie : un gros paquet de « démerde-toi ». Même si elle refusait de s'attarder sur ses malheurs et ne se plaignait jamais, il lui arrivait parfois de fatiguer de tout porter sur ses épaules. Là, dans cette montée, elle en avait ras le bol et n'aurait pas été contre un coup de main, d'où qu'il vienne.

À cet instant, justement, la rumeur d'un moteur ronronna jusqu'à ses oreilles. Deux gros yeux jaunes émergèrent à quelques mètres. Pleine d'espoir, Fanny leva les bras afin d'attirer l'attention du conducteur.

Une berline rutilante apparut dans un bruit de klaxon tonitruant. Elle dépassa la Clio et s'immobilisa juste devant elle. On avait retiré la plage arrière du coffre de la voiture. À l'intérieur, Fanny crut apercevoir un enchevêtrement de tuyaux, de machines, de serviettes... Prise d'un mauvais pressentiment, la jeune femme fit retomber ses bras.

La portière s'ouvrit. Fanny retint son souffle. Seule avec ses enfants sur cette route quasi déserte, Dieu seul savait sur quel genre de détraqué elle pouvait tomber. Elle inspecta les alentours, à la recherche d'un sentier par lequel s'échapper en cas de nécessité.

Un mocassin verni noir se posa dans la neige. Un second mocassin atterrit près du premier. Le reste suivit : un homme entre cinquante et soixante ans, en complet sombre sous une doudoune rouge, les cheveux coiffés en arrière, s'extirpa de sa voiture. Il approcha, le regard et le sourire confiants.

— Besoin d'ai...

Son pied droit dérapa, l'homme vacilla et sa phrase se termina dans un juron. Il s'agrippa au toit de sa berline et retrouva un semblant d'équilibre en même temps qu'il se mit à frotter sa veste pour se donner contenance. Lilou pouffa et observa sa mère qui se mordait les lèvres pour ne pas rire. Si l'homme aux mocassins était un serial killer, il n'allait pas être très compliqué de lui échapper.

— Besoin d'aide ? reprit l'homme lorsqu'il fut remis de sa chute.

— Je… oui… merci…

Il lui tendit la main.

— Franck, enchanté.

— Fanny…, répondit-elle en lui offrant ses doigts rougis par le froid.

— Alors, quel est le problème ?

Pour toute réponse, elle lui désigna d'un air las le tas de chaînes qui gisait à côté du pneu. Il plissa les yeux.

— Je vois… Bien, on ne va pas vous abandonner à la fureur des éléments, fit-il en commençant à installer les chaînes. Vous n'êtes pas d'ici, vous, n'est-ce pas ?

L'homme avait manifestement envie de papoter. Fanny, congelée, un peu moins. Elle lui était très reconnaissante de leur venir en aide, mais elle aurait bien accéléré le temps pour pouvoir retrouver la chaleur de l'habitacle. Elle renfila ses moufles.

— Non, on habite en région parisienne.

— Ah oui ? Et vous êtes venus passer les vacances au ski ?

Elle jeta un coup d'œil à sa fille dont les lèvres bleuissaient, insista pour qu'elle remonte en voiture, puis répondit :

— Pas vraiment, nous ne sommes là que pour quelques jours et…

— Ça vous en fait du trajet pour ne rester que quelques jours. Mais, vous verrez, c'est une jolie région. Peut-être que vous aurez envie de prolonger, qui sait ?

Là-dessus, il lui lança un clin d'œil qu'elle préféra ne pas interpréter.

— Je ne crois pas, non…, murmura-t-elle, pressée d'en finir.

Il se leva, souleva son pantalon pour décoller le tissu mouillé de ses jambes, contourna la Clio et se pencha sur le second pneu.

— Et vous allez encore loin, comme ça ?

— Il nous reste encore une vingtaine de kilomètres…

— Oh oh, ne me dites pas que vous montez à La Marmottière ?

Fanny opina du chef.

— Si, vous connaissez ?

— Bien sûr que je connais, j'y monte aussi ! Et j'imagine que vous séjournerez à l'hôtel des Cinq Marmottes, puisqu'il n'y a qu'un seul hôtel dans ce bled !

— Euh, oui…

— Sacrée coïncidence, pas vrai ? envoya-t-il en se relevant. Et voilà, c'est tout bon, vous êtes prête pour la grimpette ! Je vais vous suivre, comme ça, en cas de problème, je vous filerai un coup de main.

— Merci, c'est très gentil, mais…

Il fouilla dans sa poche intérieure et lui tendit un bristol.

— Tenez, prenez ma carte. En cas de souci, appelez-moi, je serai juste derrière…

Gênée par ses moufles, Fanny eut toutes les peines du monde à saisir la carte de visite. Elle le remercia chaleureusement et remonta dans sa voiture. Mais, avant qu'elle ait pu démarrer, l'homme frappa à la vitre.

— Dites, votre mari, il n'est pas prudent de laisser sa petite famille toute seule. Les chaînes, ce n'est pas une affaire de femme, pas vrai ?

Elle répondit sans réfléchir :

— Y a pas de mari.

Avant de s'en mordre les doigts…

— Aïe, terrain glissant… Croyez-en mon expérience, ça ne dure jamais pour les jolies femmes comme vous. Mais je ne voudrais pas m'immiscer. Et puis, je ne voudrais pas qu'on croie que… Allez, je vous laisse tranquille, on se rejoint là-haut. Et n'oubliez pas, en cas de souci, hop, un petit coup de fil et je vous sauve.

Elle sourit poliment, ne sachant pas trop si elle le trouvait gentil, lourd ou un peu les deux. Elle le regarda s'éloigner tandis qu'il écartait les bras pour ne pas perdre l'équilibre. Au moment de rentrer dans son véhicule, il la salua. Elle lui rendit son salut par un signe du menton discret.

— Dis, Maman, c'était qui, le monsieur ? interrogea Tom.

— Un monsieur…, répondit-elle évasivement avant de lire l'inscription sur la carte.

Bruve – sanitaires pour collectivité
Franck Deguerre
Représentant commercial Tel : 06-56-43 -. -.

Les phares de la Clio s'allumèrent et la petite voiture rouge passa devant la berline, qui démarra à sa suite.

5

Les vingt derniers kilomètres furent les plus difficiles. Fanny, qui n'avait jamais conduit dans de telles conditions, avançait très lentement. De temps en temps, elle jetait un coup d'œil discret au rétroviseur. Le représentant de commerce levait la main dès qu'il croisait son regard et souriait largement. Comment faisait-il pour distinguer son coup d'œil qu'elle s'échinait pourtant à rendre le plus fugace possible ? À ce stade, la présence du quinquagénaire la rassurait et l'inquiétait tout à la fois. Ce type était tout de même bizarre.

Dénué de défiance, Tom ne s'embarrassait pas de telles précautions. Il agitait sa paume sans discontinuer en prononçant des « coucou » à tue-tête, ravi que l'autre lui réponde.

— Tu veux bien t'arrêter, le rabrouait Fanny qui préférait ne pas se montrer trop amicale à l'égard de cet inconnu aux intentions obscures.

Tom cessait alors de faire coucou.

Pendant trois secondes.

Puis reprenait.

Après ce qui sembla une éternité, la petite Clio rouge s'immobilisa.

— Enfin ! souffla Fanny en mettant un pied sur le parking.

Elle avisa le décor.

Devant elle se dressait un grand chalet en bois. Des stalactites pendaient aux fenêtres. De la fumée s'échappait d'une immense cheminée. Aucune autre maison n'était visible à la ronde. Une unique remontée mécanique, à l'arrêt, permettait d'accéder à une pente plutôt douce. Tout en haut, l'orée d'une forêt imposait ses pins gigantesques vêtus de blanc. Un ciel gris et chargé complétait le tableau. Une vraie carte postale.

Les enfants sautèrent de la voiture en poussant de joyeuses exclamations. Leurs pieds s'enfoncèrent dans la neige. Tom se baissa, ramassa une boule de neige et visa la tête de sa sœur, qui poussa un hurlement strident. Celle-ci s'empressa de lui rendre la monnaie de sa pièce, tandis que Fanny sortait les valises du coffre.

Les deux enfants l'aidèrent, chacun selon ses possibilités : Lilou saisit une valise à roulettes et Tom, un petit sac qu'il eut le plus grand mal à harnacher sur son dos. Fanny éprouva une vague sensation de chaleur : si elle était prête à tout pour ses enfants, ces derniers étaient toujours là pour elle. Dans l'océan houleux de l'existence, ils étaient les trois mâts d'un même voilier.

— Ce n'était pas si terrible, pas vrai ?

La voix de Franck la ramena à la réalité. Il continua :

— Besoin d'aide pour les affaires ?

— Non non, merci, nous n'avons pas grand-chose, ce n'est pas très lourd…

— Allez, donnez-moi ça, lui dit-il en lui prenant d'autorité la valise qu'elle ne tenait manifestement pas assez fermement.

Fanny n'eut pas le temps de protester, l'autre progressait déjà cahin-caha dans la neige, chargé comme une mule entre ses propres affaires et la valise de Fanny. Tandis qu'elle lui emboîtait le pas, elle tentait d'évaluer ses sentiments à l'égard de ce type. Il était certes serviable mais un peu trop entreprenant – pas entreprenant méchant, mais entreprenant façon Jean-Claude Dusse dans le film *Les Bronzés.* Le genre de type à tenter le coup en se figurant que, sur un malentendu, ça peut marcher.

La neige crissait sous leurs chaussures.

— Vous ne voulez pas que je reprenne ma valise pour monter l'escalier ? demanda Fanny, mal à l'aise.

— Non, c'est bon, haleta-t-il en bombant immédiatement le torse.

Ils gravirent les quelques marches en béton et parvinrent sur le perron de l'hôtel. Tom désigna le fronton.

— Regardez…

En haut de la grande porte vitrée étaient dessinées cinq marmottes folâtrant entre deux montagnes. Pas de doute, on était au bon endroit. Franck posa la valise et tendit la main vers la poignée de la porte. Au même moment, cette dernière s'ouvrit en grand, au son aérien d'un carillon suspendu au-dessus de l'entrée, heurtant au passage le museau de Franck, qui lâcha aussitôt son chargement et porta ses mains sur son visage.

— Merde ! cria-t-il en tapotant son nez pour s'assurer qu'il était indemne.

À cet instant, un yorkshire affublé d'une collerette s'élança à l'extérieur.

— Monsieur Sécu, appela une voix depuis l'intérieur. Monsieur Sécuuuuuu !?

— Maman, t'as vu ? Il est dans une lampe, le chien, s'étonna Tom.

— C'est pas une lampe, répliqua Lilou du ton de la-grande-sœur-qui-sait-des-trucs, c'est pour pas qu'il se gratte... Ma copine Loane avait ça pour son chat quand ils lui ont coupé les machins !

— Oh, Lilou...

— Désolée, M'man...

Une femme d'une soixantaine d'années sortit à son tour. Elle était vêtue d'un long manteau prune, d'un châle turquoise et avait un bandeau en laine dans les cheveux.

— Oh là là, je suis confuse, je ne vous ai pas fait mal ?

Franck se redressa, le nez toujours dans les mains. Il secoua la tête.

— Non, ça va.

— Je suis rassurée, fit-elle avant de se baisser vers Tom. Dis-moi, tu n'aurais pas vu passer un petit chien, par hasard ?

— Celui avec la lampe ?

— C'est pas une lampe..., soupira Lilou.

Son frère haussa les épaules et pointa son index en direction du parking où on pouvait distinguer deux pattes arrière battant dans le vide. Le yorkshire était coincé dans la neige, prisonnier de sa collerette.

— Là-bas !

— Oh, merci, mon trésor !

La femme se dépêcha de rejoindre son chien en marmonnant des « oh là là ». Tom, lui, tira la langue à sa sœur.

À l'intérieur du chalet flottait une odeur de feu de bois. À gauche, une lampe de table éclairait une petite réception tout en lambris coincée sous un escalier. Derrière le comptoir recouvert d'une nappe rouge, on apercevait des clés pendues à de petits crochets dorés. Au-dessus de chacune d'elles s'affichait un nombre pyrogravé. Quelques vieilles photographies en noir et blanc de la station étaient exposées, punaisées sur un panneau en liège.

— Je vais attendre dans le salon pendant que vous faites votre *check in.*

Franck déposa la valise et disparut dans une grande pièce attenante.

Fanny et ses enfants patientèrent devant la réception vide.

L'attente se prolongea. On entendait le feu crépiter dans l'âtre d'une cheminée, dans la pièce d'à côté. De temps à autre, quelqu'un toussait. Un homme, assurément, dont on apercevait les chaussons et les mollets croisés l'un sur l'autre.

Tom, cherchant à s'occuper, s'approchait dangereusement du petit bouton doré posé sur le comptoir. Fanny elle-même commençait à éprouver l'envie d'actionner la sonnette. Mais une sorte de respect pour le calme ambiant et, surtout, pour cette Hélène qu'elle appréhendait de rencontrer, l'en empêchait. Lilou, à bout de patience, ne s'embarrassa pas de tant de scrupules. Elle posa son doigt sur le bouton chromé. Un son clair, équivalent à celui d'un grelot, fit vibrer le lambris. Aussitôt, une petite porte s'ouvrit sur une femme très âgée à la mine joviale et aux formes généreuses. Elle examina les trois nouveaux arrivants et se coula derrière le guichet. Sans se départir de son sourire, elle s'empara d'un énorme registre.

Fanny entama la conversation :

— Bonjour, madame, j'ai réservé pour deux nuits…

— Mmh mmh…

— … au nom de Marchand…

— Mmh mmh…

— C'était… par téléphone… Je vous ai appelée la semaine dernière…

— Mmh mmh…

Cette femme l'intriguait, par son sourire, et, surtout, par ses réponses pour le moins laconiques.

— Vous l'avez bien eue ? s'inquiéta alors Fanny.

— Quoi donc ?

— Ma réservation…

— Oh oui, rétorqua la dame âgée, évidemment, c'est marqué, juste ici…

Fanny lâcha un soupir de soulagement. La réceptionniste pivota et s'empara de la clé de la chambre numéro 3. Sans la lui tendre.

— Vous préférez que je paye d'avance ? interrogea la jeune femme, de nouveau fébrile.

— D'avance ? Oh non, pensez-vous, nous verrons ça plus tard ! Je vais demander à Lucien de vous accompagner.

La vieille dame retourna vers la petite porte, marmonna quelque chose et un très vieil homme fit son apparition. Il était grand et trapu. Sa figure renfrognée contrastait avec l'attitude tout en rondeur de la réceptionniste.

Sans un mot et avec une déconcertante facilité compte tenu de son âge qui semblait canonique, il saisit les deux valises et le sac à dos. Fanny nota la taille énorme de ses mains.

— Ouah… On dirait Hagrid, sussura Lilou.

— Quoi ?

— Pas quoi ! Qui…, souffla-t-elle à son petit frère avec son air de grande-sœur-qui-sait-des-trucs. Hagrid, le gardien dans *Harry Potter*.

— C'est un gentil ? s'inquiéta Tom.

— Bof, ça dépend quand…

— Bien sûr que c'est un gentil, s'empressa d'intervenir Fanny en faisant les gros yeux à sa fille.

C'est vrai que ce Lucien avait un petit air d'Hagrid, convint Fanny sans le dire. En plus renfrogné et en moins magique, mais oui, il y avait un truc. Peut-être cela tenait-il à ses longs cheveux plaqués, à ses dents jaunes, à sa taille gigantesque, à la largeur de ses épaules, à ses mains de colosse, à ses…

— On y va, ordonna l'homme.

Les enfants se mirent en route.

Fanny, elle, resta plantée devant la petite dame qui s'affairait maintenant à épousseter les crochets en sifflotant. Elle n'en était pas certaine, mais quelque chose chez cette femme lui rappelait celle de la photographie que lui avait montrée Jean-Noël. Se pouvait-il que ce soit elle, ce premier amour inoubliable ?

Lilou la rappela sur Terre.

— Tu viens, Maman ?

— Oui, j'arrive, monte avec ton frère, je vous rejoins.

Restée seule avec la vieille femme, Fanny chercha ses mots.

— Excusez-moi, pardon… C'est peut-être intrusif de ma part, mais vous ne seriez pas Hélène, par hasard ?

La vieille femme posa son chiffon.

— Eh bien, si, c'est comme ça que je m'appelle. Nous nous sommes déjà rencontrées ? Je suis navrée de pas vous remettre, à mon âge, la mémoire, vous savez, ça va ça vient.

— Non, non, nous ne nous connaissons pas, mais j'ai quelque chose pour vous…

Fanny fouilla dans son sac à main. Elle en extirpa une enveloppe à bulles qu'elle posa sur le comptoir. Dans sa poitrine, ça battait la chamade. Elle allait réunir le cœur de deux anciens amants, au crépuscule de leur vie. Quelle belle mission ! Mais si Hélène réagissait mal ? Et si la mission tournait au vinaigre ? Et si et si et si...

Hélène saisit l'enveloppe et fourra la main à l'intérieur. Elle la ressortit, un sachet cristal au creux des doigts. Elle posa sur Fanny des yeux incrédules. En fait, elle n'avait pas l'air de comprendre ce que la jeune femme lui voulait.

— Une fleur toute sèche ?

— C'est l'edelweiss..., précisa Fanny.

L'autre secoua la tête.

Fanny se liquéfia. Soudain, elle regretta d'être venue et d'avoir assisté à la fin d'un amour qui n'était sincère que pour l'un des deux amoureux. Qu'allait-elle bien pouvoir raconter à Jean-Noël à son retour lorsqu'il lui demanderait ce qu'avait dit Hélène ? Pauvre Noël ! Et pauvre petit edelweiss abandonné depuis des lustres dans ce sachet jauni qui pensait avoir scellé un amour authentique. La vie pouvait se montrer si cruelle !

— C'est de la part de Jean-Noël, lâcha-t-elle dans un ultime recours.

À ces mots, le visage fripé d'Hélène s'éclaira. Fanny fut si heureuse de voir poindre un début de réaction à l'évocation du pensionnaire des Tilleuls qu'elle éprouva l'envie furieuse d'embrasser la vieille dame. Elle refréna bien entendu son élan et se contenta de bredouiller, tremblante d'émotion à l'idée de réunir des âmes jumelles :

— Il m'a demandé de vous dire qu'il ne vous avait jamais oubliée.

Le silence tomba sur la réception. On n'entendit plus que le pétillement des flammes qui dansaient dans l'âtre et le froissement d'une page que l'on tourne. Pendant une seconde, le temps se figea. Soudain, Hélène ouvrit la bouche et éclata de rire, face à Fanny, encore frissonnante de cette déclaration par procuration.

— Alors ça, elle est bien bonne ! s'exclama la vieille femme en reprenant son souffle.

6

— Je ne comprends pas..., balbutia la jeune femme.

Hélène s'essuya les yeux à l'aide de son torchon.

— Sacré Noël, il manque pas d'imagination, celui-là !

Son rire repartit de plus belle. Fanny était perdue. Elle s'était attendue à consoler une vieille femme éplorée d'être sur le point de perdre l'amour de sa vie. Elle s'était tenue prête à ouvrir les bras pour accueillir une Hélène pétrie d'amour et de regrets...

Mais alors, ce rire, franchement... Dire qu'elle avait pris soin du petit edelweiss comme s'il s'agissait d'une pierre précieuse et fragile !

Elle regardait avec un pincement au cœur le sachet transparent chiffonné dans la main de la vieille femme qui n'arrêtait pas de rire.

— Et l'edelweiss, s'enquit Hélène en montrant la fleur quand son hilarité se fut un peu calmée, vous l'avez trouvé où ? C'est une fleur très rare, vous savez...

Plus très sûre de ce qu'elle devait dire, Fanny bredouilla :

— C'est Jean-Noël, il m'a dit que vous aviez trouvé cette fleur ensemble, que c'était un souvenir commun. Il voulait que je…

Aussitôt, le rire de la vieille femme envahit à nouveau la réception. Elle riait si fort qu'on aurait dit que le chalet entier riait avec elle. Dans l'escalier retentit alors le vacarme d'un pas lourd. C'était Lucien, le vieillard à l'allure taciturne, qui redescendait. Hélène recouvrit illico un semblant de sérieux.

— Venez vous asseoir, nous allons discuter un peu…

Déconcertée, Fanny suivit Hélène dans une petite salle de restaurant – du lambris partout et quelques tables qu'une jeune femme s'activait à nettoyer.

— Je vous offre une boisson chaude ? proposa Hélène en tirant une chaise. Je vous dois bien ça. Et puis, avec cette neige qui tombe depuis tout à l'heure, vous ne devez pas avoir chaud… Café ? chocolat ? thé ?

— Un café, je veux bien…

Hélène s'adressa à la jeune employée :

— Laurine, tu veux bien apporter un café à Mme Marchand, s'il te plaît ? N'oublie pas ce qui va avec…

Hélène se justifia à voix basse :

— Laurine est une chouette fille et une super employée, mais elle a tendance à être un peu tête en l'air.

Elle fit signe à Fanny de s'approcher, porta une main au coin de ses lèvres comme pour divulguer un secret et ajouta, un ton encore en dessous :

— C'est parce qu'elle est amoureuse, en ce moment…

Là-dessus, le visage d'Hélène se contracta. On voyait bien qu'une irrépressible envie de rire la gagnait à nouveau. Face à l'expression perplexe de Fanny, elle se reprit et s'éclaircit la gorge avant de s'expliquer :

— Jean-Noël et moi sommes amis depuis toujours. Mais pas comme ça, vous voyez ?

La jeune femme secoua la tête, perdue.

— Mais il était peut-être secrètement amoureux de vous ? tenta-t-elle, désespérée.

Hélène se pinça les lèvres et plissa les yeux.

— Vous croyez vraiment que, depuis toutes ces années, il n'aurait pas trouvé une occasion de m'avouer ses sentiments ? À nos âges, on ne perd plus de temps à tergiverser, vous savez.

— Il n'en a peut-être pas eu l'occasion… Et puis, vous vous êtes perdus de vue et…

— Perdus de vue ? fit gentiment la vieille dame. Mais pas du tout, je l'ai au téléphone très régulièrement. Il m'a même appelée vendredi dernier.

Laurine déposa un café fumant devant Fanny. Un spéculoos et un carré de chocolat noir accompagnaient la tasse.

— Excusez-moi, demanda Fanny, vous auriez du…

— Oups, le sucre !

Laurine fit volte-face et repartit dans l'autre sens. Hélène adressa un clin d'œil de connivence à son invitée avant de poursuivre :

— Jean-Noël est parfois un peu cachottier. J'imagine qu'il avait une autre raison de vous envoyer ici… Peut-être avait-il seulement envie de vous faire un cadeau ?

— Un cadeau ? Comment ça, un cadeau ? Je…

La colère commençait à affluer sous le crâne de la jeune femme : Jean-Noël s'était moqué d'elle et de sa sensibilité, et n'avait pas hésité à utiliser un prétexte pour la pousser à venir dans ce coin perdu. Et elle, avec ses envies de sauver le monde, elle avait bien sûr sauté à pieds joints dans ce plan débile, entraînant même la pauvre Nadia qui était maintenant obligée de se coltiner quatre jours de travail supplémentaires ! Et Lilou et Tom, elle avait bien failli les tuer sur ces routes dangereuses ! Si ça se trouvait, Carambar aussi, c'était du pipeau ! Qui sait si Jean-Noël n'avait pas planqué un morceau de steak haché sous sa couverture pour attirer le vieux chat ? Comment avait-il pu la rouler de cette façon ?

Hélène l'observait avec douceur. Comme si elle avait deviné ses pensées, elle dit :

— Ne lui en voulez pas. Jean-Noël n'est pas un mauvais bougre…

Sans crier gare, Tom et Lilou déboulèrent dans la salle de restaurant.

— Mamaaaaan ! cria le petit garçon en courant vers Fanny.

Derrière eux, Franck plastronnait.

— Ils vous cherchaient, alors je les ai aidés à vous retrouver.

Il s'adressa ensuite aux enfants :

— Vous voyez ? En cas de pépin, c'est tonton Franckie qu'il faut appeler.

Puis, à Hélène :

— Je me suis souvenu que vous n'aimiez pas trop Internet, alors je vous ai apporté un catalogue. On a un tas de nouveautés, sèche-mains, tapis, porte-serviettes, toilettes japonaises… Vous connaissez les toilettes japonaises ? Attention, hein, c'est le top du top en matière de toilettes, et puis tout est réglable, jet d'eau, température, axe, tout. On est les seuls à proposer ce genre d'équipements en France. *Made in Japan.* C'est du solide ! L'avantage avec ça, c'est que…

Lilou interrompit la logorrhée.

— Maman, on peut aller jouer dehors ?

Fanny s'apprêtait à répondre qu'il fallait d'abord qu'ils se couvrent quand elle réalisa qu'ils avaient déjà revêtu leurs vêtements de ski, prêtés par une de leurs voisines pour l'occasion. Elle sourit à sa fille, embrassa son fils et les mit en garde :

— Vous restez devant.

Ils promirent en vitesse et détalèrent aussitôt, tout joyeux à l'idée de se rouler dans la neige. Trente secondes plus tard, ils passaient devant la fenêtre du restaurant en faisant de grands gestes à l'intention de leur maman.

Subitement, Fanny se rappela une discussion avec Jean-Noël. Elle avait exprimé son désarroi de ne pouvoir emmener ses enfants en vacances et de n'avoir à leur offrir rien d'autre que la perspective d'un centre aéré et l'horizon morne d'une tour HLM.

Et si Hélène avait raison ? Si Noël s'était mis en tête de leur offrir des vacances ? De combien de mois avait-il eu besoin pour monter ce stratagème ?

J'espère que vous me pardonnerez d'avoir douté de vous et de votre amitié, cher Jean-Noël, se radoucit-elle.

Devant ses enfants qui batifolaient dans leurs combinaisons, la colère se dissipa intégralement pour se muer en une profonde gratitude.

Le café avalé, elle prit congé d'Hélène et de Franck et monta dans la chambre. Elle ne put refréner un sourire attendri devant la montagne de petits vêtements jetés pêle-mêle sur un des lits. Les trois jours qui allaient venir seraient les plus beaux que Tom et Lilou aient jamais connus depuis la mort de leur papa. Elle se le promit, comme elle le promit, en pensées, au vieux Noël.

Une dizaine de minutes plus tard, elle redescendit et se posta sur le perron d'où elle pouvait surveiller

Tom et Lilou. La femme au manteau prune et au châle turquoise croisée un peu plus tôt montait les marches pour rentrer à l'hôtel en tenant dans ses bras le yorkshire tout perdu dans son immense collerette. Parvenue sur le seuil, la femme se baissa et lâcha le chien. Celui-ci se mit à courir vers la porte, se cogna au chambranle et, sous l'effet du choc, fit un bond d'un mètre qui le fit dévaler les marches en sens inverse et atterrir un peu plus bas.

— Oh non, Monsieur Sécu ! s'écria sa maîtresse en se jetant sur le petit chien figé par l'étonnement, l'arrière-train coincé dans la neige.

La chute avait été cocasse. Au moins autant que le nom dont le chien était affublé. Monsieur Sécu, quel drôle de patronyme pour un yorkshire ! Fanny entama la conversation. Après tout, elle avait décidé que les prochains jours seraient merveilleux, autant commencer à sociabiliser dès maintenant.

— Le pauvre... Il doit porter sa collerette encore longtemps ?

— Quinze jours minimum, soupira la femme en retirant son bandeau. Lui qui est déjà maladroit en temps normal... Hein, Monsieur Sécu, tu vas devoir apprendre à faire attention...

Tom surgit.

— Je peux le caresser ?

— Bien sûr, répondit la femme en se penchant pour mettre Monsieur Sécu à hauteur du garçonnet.

Le chien sortit un bout de langue rose et répondit aux caresses de l'enfant en léchant doucement son poignet.

— Moi, je vais bientôt avoir un caribou, déclara le petit garçon.

— Ah oui ? Eh bien, je suis sûre que Monsieur Sécu a déjà hâte de le rencontrer ! Et moi aussi !

— Tu t'appelles comment ? demanda-t-il sans ambages.

— Voyons, Tom, on vouvoie quand on ne connaît pas..., protesta Fanny en adressant un sourire d'excuses à la dame.

Celle-ci la tranquillisa :

— Je vous en prie, laissez... Je m'appelle Michèle et toi, donc, tu es Tom... Enchantée de te connaître...

Elle reposa avec précaution le yorkshire qui, cette fois, parvint à se faufiler dans l'hôtel.

— Attention, il s'en va, prévint Tom.

— Penses-tu, répondit Michèle. Il va juste rejoindre son maître.

— C'est qui, son maître ?

— Tom..., se lamenta Fanny.

Mais Michèle ne parut pas s'agacer des interrogations du petit garçon. Au contraire.

Du menton, elle désigna la grande pièce derrière la baie vitrée. Malgré l'éblouissement d'un rayon de soleil contre la vitre, on devinait un salon-bibliothèque. Au fond, des étagères peuplées de livres montaient jusqu'au plafond. À gauche, trônait une immense cheminée où rougeoyait une belle flambée. Un canapé et des fauteuils étaient disposés en arc de cercle autour du foyer. Sur l'un de ces fauteuils, un homme d'âge mûr lisait. Fanny remarqua ses chaussons – ceux qu'elle avait aperçus un peu plus tôt depuis la réception –, son pantalon côtelé et ses petites lunettes rondes. Il avait de la prestance.

Comme pour illustrer les propos de Michèle, Fanny vit le petit chien à collerette débouler sur les genoux de l'homme.

— Ils sont inséparables, expliqua Michèle dans un sourire en les regardant d'un air attendri. Mon époux est médecin. D'où le nom de notre chien.

— Monsieur Sécu ? dit Fanny sans comprendre.

— Monsieur Sécu... Comme vous pouvez le constater, il est à l'image du site de la Sécu, il buggue souvent !

*

Michèle avait suivi son chien à collerette. Elle passa derrière le fauteuil dans lequel l'homme était installé et déposa un baiser sur le dessus de sa tête. L'homme leva les yeux et caressa tendrement la joue de son épouse.

— Intéressant, ton roman ?

Il referma son livre, enleva ses lunettes.

— Oui, à condition d'aimer les histoires à dormir debout...

— Alors, je te propose de venir dormir allongé à côté de moi une petite heure, répliqua-t-elle en l'embrassant cette fois sur la joue.

— C'est une drôle de proposition, madame Tellier.

— N'allez pas vous faire des idées, docteur Tellier, c'est une proposition en tout bien tout honneur.

— Eh bien, si l'honneur est sauf, je serai heureux de vous suivre...

À cet instant, le carillon tintinnabula. Deux femmes vêtues de vêtements épais et de bonnets multicolores firent irruption devant la réception.

— Tire-toi une bûche, dit avec un fort accent celle qui portait un énorme sac à dos, je m'occupe du *check in* pendant que tu te reposes.

Monsieur Sécu émit trois aboiements discrets pendant que la jeune femme invitée à s'asseoir prenait place à côté du couple en les saluant poliment. Elle dézippa son manteau et un beau ventre rond apparut. Tandis que, à quelques mètres de là, son amie s'occupait des formalités, sa main se crispa. Cela n'échappa pas à l'œil avisé de Pierre. En quarante ans de médecine, il en avait vu, des femmes enceintes. Or celle-ci ne devait pas dépasser les six mois. C'était un peu tôt.

— Contractions ?

La jeune femme opina du chef.

— Un peu, mais ça va passer. C'est à cause du voyage, il a été long.

7

La nuit tombait sur La Marmottière. Hélène s'affairait en cuisine tandis que Laurine préparait le service du soir. Au menu, un plat unique, typiquement jurassien : gratin de pommes de terre au morbier et au lard, accompagné d'une salade verte.

Lucien enlevait la neige devant le palier de l'hôtel à l'aide d'une grosse pelle. De temps en temps, il tapait sur les stalactites pour les faire tomber. Un juron accompagnait en général la chute du bloc de glace. Sous le ciel sombre, sa silhouette haute en imposait.

Lucien n'aimait pas les gosses, pas du tout même. Savoir qu'il allait devoir en supporter deux pendant les prochains jours le rendait particulièrement irritable. Sa patience était à la mesure de la pelle qu'il tenait entre ses larges mains, bien trop petite pour ces conneries. Et puis, qui disait mioches, disait Noël, guirlandes et tout le bordel ; et qui allait devoir couper le sapin et se le coltiner jusqu'au hall, je vous le demande ? Alors bien sûr, hein, on pourrait mettre un faux truc en plastique, ou alors commander un Norman rachitique à la supérette, qui serait livré en deux jours, on pourrait, ce n'est pas le problème. Mais Lucien vivant, c'était impensable. Quitte à fêter ces bondieuseries, autant que ça sente le sapin. Sans mauvais jeu de mots, bien sûr.

Pendant ce temps, Michèle dormait dans sa chambre. Une longue natte, parsemée de fils d'argent, tombait sur une de ses épaules. Sa peau, incroyablement lisse pour son âge, respirait la santé et la sérénité. Les quelques ridules qui habillaient le contour de ses lèvres et de sa bouche ne semblaient être là que pour montrer à quel point son existence avait été une suite de félicités et de calmes délices. Pour elle, ni collagène en poudre ni acide hyaluronique. Juste une philosophie de vie qu'elle s'appliquait comme d'autres se tartinent de crème anti-âge : « Aimer et être aimée en retour. »

Lové contre sa maîtresse, Monsieur Sécu dressait les oreilles. Chaque coup porté contre le bâtiment déclenchait un petit grognement. Si le chien était déjà doté d'un solide sens auditif, sa collerette agissait comme une caisse de résonance.

Soudain, il y eut un énorme bruit. Suivi d'un juron. Surpris, Monsieur Sécu se dressa sur ses quatre pattes en aboyant.

Michèle s'éveilla. Sans ouvrir les yeux, elle passa instinctivement la main sur la place de son mari. Depuis le jour de leur mariage, c'était le premier geste qu'elle effectuait au réveil. Comme un besoin de sentir qu'elle n'avait rêvé ni son homme ni leur histoire, et que la merveilleuse réalité surpassait ses songes.

Tiens, c'est bizarre…

Cette fois, sa paume ne rencontra que du vide. Elle palpa de nouveau l'oreiller, à l'aveugle, sourcils froncés.

Très étrange...

Ses yeux s'ouvrirent d'un coup, comme si Michèle venait juste de prendre la mesure que quelque chose clochait. L'oreiller de son époux était bombé, le côté de ses draps n'était pas froissé. La conclusion s'imposa, froide comme un glaçon entre les omoplates : Pierre n'était pas venu.

D'un bond, elle se souleva, appela son mari. Pas de réponse. Elle sortit du lit et passa la tête dans la salle de bains. Vide. Elle regarda par la fenêtre, balaya du regard les reliefs de la montagne, le paysage enneigé.

Elle consulta sa montre, c'était l'heure de l'apéritif. Elle se raisonna, Pierre devait être descendu au salon siroter un petit verre près de la cheminée. Rassérénée, elle releva ses cheveux, attrapa son châle turquoise et s'engagea dans l'escalier, précédée du petit chien aux allures de lampadaire.

Dans le salon, les deux enfants étaient absorbés par une partie de Uno, pendant que leur mère et ce représentant en sanitaires semblaient en pleine discussion.

— ... non, non, je ne dirais pas que la vie sur les routes, c'est difficile, disait le type. C'est vrai que c'est parfois compliqué, vous savez ce qu'on dit, une femme dans chaque port, même si bien sûr ce n'est pas dans mon tempérament. Disons que le jour où je rencontrerai la bonne, eh bien, je lâcherai la route, terminé les soirées...

De temps à autre, la jeune maman hochait la tête, agrémentait la conversation d'un « mmh mmh » ou se perdait dans la contemplation de ses ongles, de ses chaussures, du parquet massif, des flammes dans le foyer… On voyait bien qu'elle n'écoutait que d'une oreille distraite.

Pressentant que la jeune femme n'attendait qu'une occasion pour s'extirper de cet échange, Michèle s'immisça entre eux :

— Excusez-moi.

Le représentant de commerce lui lança un sourire radieux sous un regard qui disait tout le contraire. La jeune maman, elle, parut ravie de l'interlude.

— Vous n'auriez pas vu mon mari ?

Fanny – voilà que son prénom lui était revenu – et l'homme secouèrent la tête.

— Il ne doit pas être loin, répliqua celui-ci, désireux de couper court à cet échange.

Il délaissa d'ailleurs Michèle pour reprendre le fil de sa conversation.

— Je ne sais pas vous, Fanny, mais moi, j'aime la montagne, je me sens libre. C'est sûr que ça demande un petit côté aventurier mais je crois que l'aventure, ça a toujours été mon truc, je suis le genre sans attache, mais je vieillis, je sens qu'il est temps pour moi de penser à me poser, à fonder…

Les yeux de Michèle se portèrent sur Monsieur Sécu. Il zigzaguait d'un humain à l'autre. En se cognant, évidemment.

Où peut-il bien être ?

Disparaître sans un mot ne ressemblait pas à Pierre. Il était si prévenant.

Impossible d'imaginer meilleur compagnon de vie que lui. Ensemble, ils avaient tout partagé. Quarante ans après leur mariage, leur amour n'avait pas pris une ride. Si leurs corps avaient dépassé la soixantaine, le lien qui les unissait maintenait leur esprit dans une enivrante jeunesse. Même leurs enfants n'en revenaient pas de voir leurs parents encore si complices. En quatre décennies, rien, absolument rien, n'était venu abîmer leur relation.

Le carillon de la porte d'entrée s'agita. Michèle se retourna, s'attendant, espérant même voir surgir un Pierre frigorifié. Mais ce n'était que Lucien. Le gardien fit claquer ses bottes contre le paillasson en maugréant, puis il passa derrière le comptoir de la réception et consulta l'ordinateur. Il y avait quelque chose d'étrange à voir cet homme immense plié devant un écran.

Michelle s'approcha de lui.

— Excusez-moi, vous n'auriez pas vu mon mari, par hasard ?

Le vieil homme se remit d'aplomb et planta ses pupilles droit dans celles de Michèle. Elle frémit. Sans qu'elle puisse s'en expliquer la raison, cet homme la mettait mal à l'aise. Quelque chose dans son attitude la rendait méfiante. Elle répéta sa question. Sans ciller, l'homme secoua très lentement la tête. Elle déglutit, le remercia et s'en retourna prestement du côté de la cheminée. Où elle attendit, les bras serrés contre sa poitrine.

Après plusieurs minutes, Lucien se leva, quitta son comptoir et passa devant Michèle qui regardait par la fenêtre avec inquiétude. Il sortit sans un mot. Le temps que la porte se referme, l'air froid avait encerclé la femme du docteur et pénétré ses os.

Pierre, où es-tu, bon sang ?

La demi-heure s'écoula. Dehors, la nuit était maintenant complète. Mis à part les deux réverbères du parking et le projecteur sur les marmottes du fronton, on ne distinguait plus rien de l'extérieur.

Tout à coup, un rai de lumière zébra l'horizon.

*

Pierre revenait, une lampe torche entre les moufles. Essoufflé, il salua Lucien, occupé à détacher d'énormes blocs de glace à coups de pelle. Quand il l'eut dépassé, le gardien l'interpella, un drôle d'éclair au fond des iris :

— Hey, faut pas sortir le soir.

— J'étais juste parti me balader, profiter du grand air…

Lucien lâcha sa pelle, s'approcha du médecin à la retraite et le toisa de toute sa hauteur.

— J'ai dit, faut pas sortir le soir, c'est dangereux, la montagne.

Penaud comme un enfant pris en flagrant délit de vol de bonbons, Pierre se ratatina, un début de sueur froide glissa entre ses omoplates.

Quel drôle de bonhomme que celui-là ! songea-t-il. *Il n'est vraiment pas commode…*

Hélène, qui passait par là avec une miche de pain, vint à la rescousse du docteur. Elle l'entraîna doucement mais sûrement vers les marches.

— Faites pas attention à lui… Il n'est pas méchant… Il est juste… inquiet…

Là-dessus, elle pivota vers Lucien et lui adressa un petit signe de la main. Un petit signe, qui, se dit Pierre, ressemblait à un tranquillisant.

8

La nuit s'avança.

Emma se réveilla en sursaut, les cheveux collés sur le front, la respiration saccadée, les doigts cramponnés à la couette. Elle resta suspendue plusieurs secondes dans un demi-sommeil. Peu à peu, son regard s'habitua à la pénombre. Elle reconnut les lieux, devina la forme du corps allongé à côté d'elle sous les draps, effleura des yeux la nuque de Kate. Son souffle s'apaisa, les battements de son cœur se régulèrent, elle se détendit.

Des coups martelaient ses côtes : à l'intérieur de son abdomen, le petit être en devenir dansait la rumba. Étaient-ce ses propres émotions qui contaminaient le bébé ? Elle prit une grande inspiration et caressa son ventre, espérant ainsi insuffler un peu de calme à ce bout d'homme qui, si tout se passait bien, pointerait son petit nez d'ici trois mois.

Sois sympa, n'essaie pas d'arriver avant…

La future maman avait encore fait un de ces mauvais rêves où toutes ses inquiétudes prenaient corps ; ce genre de songes qui lui donnaient envie de faire machine arrière. Comme chaque fois que cette idée de tout abandonner la prenait, elle se flanqua un coup de pied mental aux fesses.

Courage, ma fille ! Tu n'as pas fait tout ce chemin pour reculer maintenant.

La soif irritait sa gorge. Discrètement, elle sortit du lit pour ne pas gêner Kate et se rendit dans la salle de bains. Le néon jaune tendance verte éclaboussa la pièce de sa lumière crue. Elle rencontra son reflet dans le miroir.

Oh là là, cette tête… Y a plus de valises sous tes yeux qu'à l'aéroport de Montréal. Et cette pâleur…

C'est vrai qu'elle avait une mine à faire peur. À des années-lumière de ces femmes enceintes radieuses et épanouies qui s'affichaient sur Instagram.

Dans la vie, il y avait apparemment deux types de grossesses, songea-t-elle : les grossesses « croisière en Méditerranée », avec ciel azur et mer d'huile, et les grossesses « batailles navales sur la Manche » avec option mal de mer pour les plus audacieuses.

La grossesse d'Emma se classait résolument dans la seconde catégorie. Et elle avait dû avoir un prix pour l'option mal de mer, ce n'était pas possible autrement. On lui avait pourtant assuré que le deuxième trimestre était peinard, jolis cheveux, belle poitrine et, surtout, plus de nausées, autrement dit qu'elle aurait les avantages sans les inconvénients.

Oh non, pas encore…

Bah si. Penchée sur les toilettes, Emma était manifestement l'exception qui confirmait la règle.

Bien sûr, le long voyage que Kate et elle venaient d'accomplir n'avait rien arrangé.

Elle attrapa le verre à dents, ouvrit le robinet et fit couler l'eau. Elle avala une gorgée puis se courba sur le lavabo pour s'asperger le visage. L'eau était glaciale. Normal, à la montagne…

Auprès de leur entourage, elles avaient évoqué des vacances. Leurs amis s'étaient étonnés. « Ben voyons, il n'y a pas assez de neige par chez nous pour que vous ayez décidé de partir aussi loin pour skier ? » Comment leur donner tort ? Si elles n'étaient pas fichues de trouver un coin pour avaler un chocolat chaud ou faire du ski de fond au Canada, elles n'en trouveraient nulle part ailleurs.

En guise de justification, elles avaient évoqué l'exotisme, cette France qu'elles avaient toujours désiré découvrir, ces vacances qu'elles voulaient partager ensemble avant l'arrivée du bébé. « Vous savez comment c'est, après, entre les couches et les biberons, ça risque d'être moins simple pour les escapades. » « Partez au soleil ! avait opposé une des collègues de Kate, ça réchauffera ce petit. Il va être gelé comme une crotte, autrement. »

Elles avaient tenu bon en dépit des remarques et des avis discordants sur ce qu'un tel périple pouvait avoir de néfaste à six mois de grossesse. Ce qu'elles étaient venues faire ici leur appartenait.

Appartenait à Emma, si on voulait être précis.

Elle sortit de la salle de bains et se dirigea vers la fenêtre. La plante de ses pieds nus s'enfonça dans le moelleux tapis. Elle tira un peu le double-rideau, à peine assez pour pouvoir contempler la lune accrochée au-dessus des sommets.

— Tu ne dors pas ?

Emma se retourna. Kate la regardait, le bras replié sous la tête.

— Bof…, lui répondit-elle avec un sourire teinté de tristesse et de lassitude.

— Toujours ton cauchemar ?

Emma fit la moue.

— Ouais…

— Viens là…

Kate se décala. Emma s'étendit à côté d'elle et posa sa tête dans le cou de la belle jeune femme rousse.

— Tu crois qu'on a eu raison de venir là ? lui susurra-t-elle dans l'oreille.

— Je crois que c'est bon pour toi, oui…, souffla Kate.

Elle posa la main sur le ventre d'Emma et ajouta :

— … pour nous trois aussi…

Emma appliqua également sa paume sur son ventre. Ses doigts rencontrèrent ceux de Kate pour ne plus les lâcher.

— Je t'aime, chuchota Emma.

— T'sais que moi aussi…

Le corps de Kate, chaud et engourdi, parvint à atténuer les inquiétudes de la jeune femme. Bientôt, la respiration d'Emma se cala sur celle de la deuxième future maman, celle qui ne portait pas l'enfant mais qui, pourtant, l'attendait avec tout l'amour du monde. Bientôt, ce bébé serait là. Et son foyer, fait de deux mamans, serait le plus heureux de tous.

*

À quelques kilomètres des Cinq Marmottes, dans une petite pièce, se jouait une autre scène. Il y régnait une forte odeur de brûlé. Assis à une table aussi antique que lui, un vieil homme buvait un verre de gnôle. C'était un verre de cantine, aux bords épais, un Duralex sous lequel on pouvait lire un nombre « 33 ».

L'âge du Christ.

L'homme eut un rictus.

Il y avait un autre verre, vide celui-là. Il le retourna pour vérifier le chiffre inscrit dessus. « 42 ». Il le reposa.

À cet instant, la porte s'ouvrit avec fracas. Un courant d'air glacé s'immisça à l'intérieur. Un type courtaud s'encadra dans la porte. Il secoua ses bottes pleines de neige contre la marche et pénétra dans la pièce d'un pas lourd.

— La porte ! beugla l'autre depuis sa table. Ça gèle !

Pour toute réponse, le petit homme fit demi-tour et flanqua un coup de pied dans la porte, qui se referma dans un grincement long et plaintif. Le problème du froid résolu, l'homme aux courtes jambes et aux larges cuisses se dirigea vers la table. Il tira une chaise et s'affala dessus. Les gouttes qui tombaient de son manteau formaient des flaques sur le béton.

— T'es prêt pour demain ? demanda-t-il tout de go en empoignant la bouteille dans laquelle dansait un liquide épais et ambré.

L'autre porta son verre presque vide à ses lèvres, acheva la dernière goutte et répondit que ouais, tout roulait.

Le petit homme saisit l'autre verre, le remplit à ras bord et le but cul sec avant de le reposer bruyamment sur le bois et de se pencher vers son camarade avec un air soupçonneux, matérialisé par un sourcil gauche légèrement plus haut que le droit.

— T'es sûr ? insista-t-il.

L'autre s'agaça.

— Si j'te le dis !

— T'auras pas la tremblote, hein ?

— Oh, la barbe, je sais encore ce que je fais ! tonna-t-il.

Comme le petit homme n'avait pas l'air très convaincu, il se pencha à son tour sur la table, à tel point que son nez frôlait maintenant celui de son compagnon.

— Ça fait un bail que j'ai pas manipulé ça, mais, c'est comme le vélo, crois-moi, ça s'oublie pas.

Le petit homme se carra dans son siège.

— Combien ?

— 33.

— 42. T'as gagné.

9

Tom ouvrit les yeux.

Il sauta en bas de son lit et écarta un pan du rideau sous les protestations ensommeillées de Lilou et de Fanny. Mais de leur désapprobation, le garçonnet n'en avait cure : le temps était radieux, la neige scintillait sous un ciel parfait, le soleil, déjà, dardait ses rayons sur la montagne, bref la journée s'annonçait magnifique et il fallait faire vite si on voulait en profiter pleinement. Tom, lui, était bien décidé à ne pas perdre une seule miette de ce deuxième jour au ski.

Ils se préparèrent rapidement – enthousiasme de Tom oblige – et descendirent au restaurant prendre le petit déjeuner. La grande pièce résonnait du cliquetis des cuillères sur les tasses et des murmures des autres clients. Fanny s'assit à une table vacante pendant que, de leur côté, Lilou et son frère faisaient le tour du buffet.

L'îlot, au milieu de la salle, était garni de céréales, de fruits, de fromages et de mini viennoiseries. Ces dernières venaient d'ailleurs tout juste d'être livrées par un jeune homme qui fumait là, dehors, près de sa camionnette rouge, en sautillant sur place pour se réchauffer.

De son côté, Franck était en grande discussion avec Hélène, un catalogue ouvert devant eux. Fanny l'entendait s'échiner à vanter à la patronne de l'établissement les mérites d'un essuie-mains révolutionnaire, à rideaux d'air à haute vitesse à travers des fentes de 0,6 mm.

— Soit 0,2 mm de moins que celui de D !

— D ? fit Hélène, manifestement déroutée.

— Vous savez ce que c'est, en tant que professionnel, je me refuse à prononcer le nom de la concurrence, je ne voudrais pas casser du sucre sur le dos de mes collègues, ce ne serait pas très déontologique de ma part, mais entre nous, Hélène – je peux vous appeler Hélène ? –, on en fait tout un pataquès de leurs essuie-mains alors que, je vous le dis la main sur le cœur, ça vaut pas un coup de cidre. Et je ne vous parle même pas de leur SAV. Tiens, d'ailleurs, vous avez déjà vu un de leurs représentants par ici ?

Hélène secoua la tête.

— Eh bien, justement, vous touchez du doigt ce qui fait notre différence et notre succès. La proximité avec la clientèle. En vous équipant chez Bruve, vous avez la certitude de confier vos sanitaires à une entreprise familiale.

— Y en a encore beaucoup, des représentants comme vous ? J'ai l'impression que c'est plutôt à distance, maintenant.

— Ah ça, ma chère Hélène, je ne vais pas vous mentir. Tel que vous me voyez là, je suis une espèce en voie de disparition, un homme de la vieille école. Solide mais pas irremplaçable, hélas. Voilà pourquoi je vous suggère de passer commande dès aujourd'hui.

D'ailleurs, nous avons une offre que nous réservons à nos meilleurs clients hôteliers : le package premium. Soit deux sèche-mains, deux distributeurs de savon à infrarouge de dernière technologie, deux porte-serviettes, et, notre *must have*, nos fameuses toilettes japonaises que le monde entier nous envie. Le tout avec un délai de livraison im-ba-ta-ble.

Fanny, soulagée d'échapper au représentant de commerce, s'installa à quelques tables. Hélas, sa tranquillité fut de courte durée : sitôt qu'il l'aperçut, Franck abandonna Hélène à son catalogue Bruve, au motif que tout y était parfaitement expliqué.

— Bien dormi ? demanda Franck à la jeune femme. Ça ne vous ennuie pas si je m'installe avec vous.

L'intonation contrastait avec la phrase. On se serait attendu à un point d'interrogation. Bon. La ponctuation n'était peut-être pas le fort du représentant…

Du coup, prise de court, Fanny n'osa pas refuser.

— Euh, non…

Franck s'était déjà assis. Il arbora un air pensif.

— Vous savez, même si la solitude fait partie du métier, il m'arrive d'éprouver une certaine lassitude. Que voulez-vous, il y a un cœur qui bat derrière cette cravate.

Fanny furetait façon suricate à la recherche d'une bonne âme qui pourrait la soustraire, poliment mais sûrement, à la présence encombrante du représentant.

— Oui, je suis navrée…, fit-elle en se levant, feignant de se précipiter au secours de sa fille qui se servait un jus d'orange et qui n'avait pas le moins du monde besoin d'elle.

— Je sais faire toute seule, Maman, merci !

— Oui, bon, pour aujourd'hui, on va dire que tu n'en es plus très sûre, tu veux bien ? la supplia-t-elle à voix basse.

Lilou jeta un coup d'œil par-dessus l'épaule de sa mère et croisa le regard du représentant qui lui sourit de toutes ses dents.

— Je suis d'accord, chuchota-t-elle, moi aussi, je le trouve collant. Même plus collant que Lucie, la fille de ma classe. Et même plus collant que Tom quand y a de l'orage, et pourtant, Tom, il est collant-collant.

Tandis que le restaurant résonnait des conversations des convives, Laurine s'affairait entre les tables, une cafetière dans la main gauche, un broc de chocolat chaud dans la droite.

En plus de celles d'Hélène et de Fanny, deux autres tables étaient occupées : Kate et Emma mangeaient en silence ; quant à Pierre, il venait de déposer une assiette copieuse devant son épouse, qui le remercia d'un tendre regard, ce qui eut pour effet d'arracher un sourire nostalgique à Fanny.

C'est beau de s'aimer autant après toutes ces années…

De fil en aiguille, elle songea que la vieillesse devait être moins effrayante lorsqu'on pouvait la partager. Si Sébastien avait été à ses côtés, c'est de cette vieillesse-là qu'elle aurait rêvée. Au cours de sa carrière d'aide-soignante, Fanny avait vu tant de personnes âgées mourir dans la solitude…

— Maman, je peux avoir cinq pains au chocolat ?

Le prosaïsme de Tom l'arracha à sa mélancolie existentielle.

— C'est trop, cinq, voyons… Prends-en un déjà…

— Mais ils sont tout petits… Trois ?

— Deux ?

— Tope-la !

La négociation avait été menée de main de maître. Enchanté de se balader avec ses deux mini viennoiseries dorées au milieu de son assiette, le petit garçon salua Michèle et s'installa à côté de Franck, qui se tendit instantanément dans une sorte de réflexe.

— Excusez-moi, il y a quelqu'un à la réception ?

Tous les regards convergèrent vers celui qui venait de s'adresser à la cantonade. C'était un homme d'une trentaine d'années. De petits monticules de neige se détachaient de ses cheveux et des poils du col de sa doudoune.

Fanny se figea, un morceau de pain dans la bouche.

Cet homme ne lui était pas inconnu. L'avait-elle déjà vu quelque part ? Croisé peut-être sur la route ? Hier, dans la station-service ?

Tout à coup, la stupéfaction manqua de l'étouffer. La bouchée qu'elle venait d'avaler lui resta en travers de la gorge.

10

— Oui, oui, je suis désolée, j'arrive tout de suite !

Hélène accourut en faisant claquer ses talonnettes et entraîna l'homme vers le comptoir de la réception.

L'entracte était terminé, le petit déjeuner reprit son cours dans le restaurant.

— … non mais, quand même, quel manque d'éducation, interpeller tout le monde de cette façon, c'est…

Le monologue de Franck ne constituait qu'un vague bruit de fond que Fanny n'écoutait plus.

Elle n'était pas très physionomiste, mais quelque chose dans sa mémoire s'était mis en branle. Presque à son insu, elle fut propulsée dans la maison de retraite, juste devant la chambre de Jean-Noël, exactement à l'instant où en était sorti son parvenu de petit-fils, accompagné de son épouse guindée.

C'est lui…

Que venait faire ici le petit-fils de Jean-Noël ? Ne pouvait-il s'agir que d'une simple coïncidence ?

Elle devait en avoir le cœur net. Elle s'excusa et quitta la table, enjoignant à ses enfants de l'attendre ici et de finir leur petit déjeuner.

— Tu vas où, Maman ?

— À la réception, il faut que je signale une fuite d'eau que j'ai remarquée tout à l'heure dans les toilettes, mentit-elle.

Elle sortit du restaurant et se dissimula dans un coin d'où elle pouvait voir le comptoir sans être vue. Tout en retenant son souffle, elle entendit l'homme expliquer :

— Non, je repars demain, je n'ai pas la possibilité de rester plus longtemps. Je n'ai pas le temps.

Pas le temps, se répéta-t-elle. Ce genre de type n'avait jamais le temps de rien, pas même de rendre visite plus souvent à un vieillard esseulé dans une chambre médicalisée. Fanny ressentit le même dégoût teinté d'incompréhension que celui qui avait fondu sur elle les rares fois où elle avait aperçu ce couple de nantis dans les couloirs de son lieu de travail – deux jeunes gens imbus d'eux-mêmes, satisfaits de s'être acquittés de leur bonne action de l'année et pressés de retourner dans leur voiture à cinq zéros.

Hum. Du calme, Fanny, tu confonds peut-être. Si ça se trouve, c'est juste un type qui lui ressemble. Bon, d'accord, qui lui ressemble beaucoup. Mais les sosies, ça existe, non ? Regarde Nadia, elle a bien un air de Céline Dion…

À demi persuadée de s'être trompée, Fanny quitta sa planque.

Un peu plus tard, Tom et Lilou faisaient de la luge sous un ciel devenu maussade. Le temps avait brutalement changé, les températures avaient baissé de plusieurs degrés, on s'attendait à de violentes chutes de neige sur les hauteurs. Le changement de météo n'avait toutefois aucune prise sur l'exaltation des enfants. Seules comptaient ces courses auxquelles le frère et la sœur se livraient et qui se finissaient, pour la majorité, les quatre fers en l'air dans le tas de neige qui longeait la pente. Si Fanny s'évertuait à faire bonne figure et à partager leurs jeux, elle n'avait au fond pas tellement le cœur à la fête. L'arrivée soudaine de celui qui ressemblait tant à ce petit-fils désastreux la turlupinait ; elle ne pouvait pas s'empêcher de regarder du côté du 4X4 garé sur le parking…

Tout à coup, elle le vit sur le perron de l'hôtel, juste sous le fronton représentant les cinq marmottes. Quand elle croisa son regard, il la salua rapidement, détourna les yeux et descendit les quelques marches.

Ce n'est pas lui, conclut Fanny, alors rassérénée.

Parce que, si ça avait été lui, il l'aurait reconnue.

Sauf qu'il la regarda de nouveau, manifestement intrigué. Percevant son trouble, Fanny décida que le doute avait trop duré. Ce type était-il oui ou non celui qu'elle croyait ?

Elle l'aborda dès qu'il mit un pied sur le parking.

— Désolée… On se connaît, non ?

Il écarquilla les yeux avant de les plisser.

— Euh… Oui… Oui, oui, en effet, je crois oui, vous êtes…

Les points de suspension flottèrent entre eux un long moment. Fanny eut tout loisir de détailler son visage. La ressemblance était quand même frappante. Plus de doute, c'était lui.

— Vous ne voyez pas ? s'enquit-elle en prenant un air presque dédaigneux.

Tu m'étonnes qu'il ne voie pas. Ce genre de mec ne s'abaisse jamais à regarder le monde qui l'entoure ; non, lui, c'est le style à toiser l'univers de haut. Alors, une petite aide-soignante comme moi, évidemment qu'il ne me remet pas. Et puis, ce n'est pas avec le peu de fois qu'on l'a vu rendre visite à son grand-père qu'il pourrait imprimer la tête des membres de l'équipe qui en prend soin.

Oh, bien sûr, se morigénait Fanny pour se calmer, c'était sans importance, un infime détail à l'échelle du système solaire. Mais la vérité était que l'attitude désinvolte de cet homme vis-à-vis de Jean-Noël l'écœurait. Des jeunes qui laissent crever leurs vieux sans s'en préoccuper, elle en avait soupé, et cette injustice-là – des personnes âgées condamnées à subir leur solitude – la dégoûtait.

Pour lui rafraîchir la mémoire, Fanny envoya un premier indice.

— Île-de-France…

L'autre secoua la tête.

Évidemment, quelle idiote je suis, la banlieue, c'est le bout du monde dans son pays des culs dorés.

Deuxième indice :

— Les Tilleuls ?

Rien non plus.

Il ne connaît même pas le nom de la résidence de son grand-père. C'est encore pire que ce que je croyais…

Troisième :

— Vous avez bien un grand-père, non ?

— Eh bien, oui, mais…

— Enchantée, le coupa-t-elle en lui tendant sèchement la main. Je m'appelle Fanny, je suis aide-soignante et je m'occupe de votre grand-père que vous ne passez voir qu'une fois tous les trente-six du mois.

Là-dessus, elle tourna les talons, le cœur battant, abasourdie par sa propre audace, elle qui était d'ordinaire si réservée. Mais la cruauté du sort de Jean-Noël, cet homme si généreux, l'avait rendue folle de rage. Quand même, ce type et sa bonne femme en forme de liane sèche devaient bien avoir des enfants que

Jean-Noël rêvait de voir grandir ! Ce crâneur avait bien quelques souvenirs à partager avec son grand-père autour d'un bon goûter le dimanche après-midi, bon sang ! Un reste du petit garçon que Jean-Noël avait pris sur ses genoux pour faire « à dada sur mon bidet » devait bien subsister tout au fond de ce beau gosse de pacotille, non ?

Bah non, manifestement.

Eh bien, tant pis pour lui, la foudre de Fanny s'était abattue sur lui et il ne l'avait pas volé. Mais la fureur de la jeune femme dépassait largement le cas de ce type. Elle avait balancé à cet homme ce qu'elle avait toujours rêvé d'envoyer à tous les rejetons égoïstes de la Terre depuis qu'elle exerçait ce métier. Est-ce qu'il avait pris pour tous les autres ? Ça se pourrait.

Frémissante et chamboulée par cet échange qui n'en avait pas été vraiment un, elle considéra la montagne qui se tenait face à elle, majestueuse. À une dizaine de mètres, les deux Canadiennes se promenaient en riant. Un peu plus loin, deux personnes progressaient vers l'hôtel. C'étaient Pierre et Michèle qui revenaient tranquillement d'une promenade en ski de fond. Lui portait un sac à dos d'où on voyait émerger le museau et la collerette écrue de Monsieur Sécu. Ils avançaient de conserve, les pas de l'un se calant sur ceux de l'autre.

Fanny croisa les bras sur sa poitrine.

La beauté du paysage, la joie de ses enfants pleins de neige dans le cou, ce couple au loin qui semblait seul au monde ainsi que cette jeune femme enceinte qui se baladait paisiblement avec son amie eurent finalement raison de son énervement. Fanny inspira un grand coup. Tandis que l'air montagnard remplissait ses poumons, elle eut de nouveau foi en l'humanité.

— Brrrrr, lâcha Michèle dans un sourire lorsqu'elle parvint à la hauteur de Fanny, fait pas chaud aujourd'hui…

*

Son existence était devenue une course, il était épuisé. Il était justement en train de regretter de devoir partir dès le lendemain quand cette dingue avait déboulé.

Une folle.

Dès qu'il l'avait vue, il avait tout de suite perçu quelque chose de familier dans son visage. Il l'avait déjà rencontrée quelque part. Oui, mais où ? Avec toutes les mondanités que son épouse lui imposait, impossible de retenir le nom des centaines de personnes croisées au fil des derniers mois.

Elle s'était approchée, elle lui avait demandé s'il ne la remettait pas. Comme son prénom lui échappait et qu'il craignait de paraître indélicat, il avait laissé des points de suspension en espérant qu'elle saisisse l'occasion de lui souffler son identité.

Mais non. Il avait eu beau scanner sa mémoire, rien qui ressemblait de près ou de loin à un début de prénom, de circonstances, de souvenirs, ne lui était revenu. Juste une vague impression d'avoir déjà vu cette petite femme qui s'impatientait devant lui, dans sa doudoune trop grande et son bonnet en laine.

Il avait été sonné par la déflagration des paroles, incapable de répondre à la déferlante.

À présent, il la regardait s'éloigner vers deux enfants qu'il supposa être les siens. Il observa les deux gamins, hilares, emmêlés dans les cordons de leur luge.

Il s'appelait Romain. Voilà ce qu'il n'avait pas eu le temps de lui répondre. Les mains au fond des poches, il rentra, indigné par le jugement hâtif de cette jeune femme pleine d'une hargne incompréhensible. De quoi se mêlait-elle ? Et que pensait-elle savoir de sa vie quand lui-même était aussi paumé qu'un haricot dans un salon de coiffure ?

11

L'après-midi glissait lentement vers le début de soirée. Le ciel gris et les flocons qui tombaient sans discontinuer annonçaient une nuit glaciale. Pendant que, calfeutrée dans la chambre, Fanny s'échinait à terminer de tricoter le gilet de sa fille afin qu'il soit prêt pour Noël, Tom et Lilou s'amusaient toujours à l'extérieur.

Les deux enfants contemplaient avec satisfaction le bonhomme de neige qu'ils venaient d'achever : les deux cailloux noirs faisant office d'yeux n'étaient pas droits, le chapeau matérialisé par un rondin de bois avait tendance à dégringoler, son unique bras – ils n'avaient trouvé qu'une seule branche – était franchement tordu, mais le tout avait de l'allure et les enfants étaient fiers de leur réalisation. Et avec ce froid, ils avaient bon espoir de le conserver quelques jours.

— Ça sera le gardien de l'hôtel ! s'exclama Tom. Il fera peur aux voleurs !

Lilou leva les yeux au ciel. Son frère était tellement naïf. Un vrai bébé. Pas étonnant qu'il croie encore au Père Noël.

— Sauf si les voleurs ont un seau d'eau chaude…, répliqua Lilou avec son air de grande-sœur-qui-sait-des-trucs.

Tom ne comprit pas.

— Et pis, ça fait quoi, de l'eau chaude ?

Lilou soupira. Décidément, il fallait tout lui expliquer, à Tom. Vivement qu'il grandisse. Elle retira la moufle de son frère, mit quelques flocons à l'intérieur de sa paume et l'invita à cracher.

— Berk.

— Crache, je te dis.

Il cracha à contrecœur.

— Alors, qu'est-ce que tu vois ?

— Ça fond.

— Ben voilà, ça fait qu'il sera tout fondu, ton gardien d'hôtel ! Et que les voleurs, ils ne risquent pas d'avoir peur d'un gardien raplapla.

— Ils vont cracher dessus, les voleurs ?

— Mais non, s'agaça-t-elle. Ta salive est à trente-sept degrés, sauf si tu as de la fièvre ou si t'es mort. C'est comme de l'eau presque chaude. Et de l'eau chaude, bah, ça fait fondre la neige.

Tom gonfla ses joues, visiblement hypnotisé par l'explication scientifique de sa grande sœur. Lilou adorait jouer à la grande-sœur-qui-sait-des-trucs ; il n'existait rien de mieux que de voir l'admiration dans les yeux de Tom. Elle se sentait alors intéressante et intelligente. Mais cela requérait rigueur et préparation, autrement dit, des heures à regarder les replays des *E=M6* sur Gulli et à s'intéresser à tout. C'était un sacré boulot, mais c'était pour la bonne cause : la fierté de son petit frère n'avait pas de prix.

— Si on prie très très fort, peut-être que notre bonhomme de neige sera vivant. Comme Pinocchio ou la princesse des neiges, dit encore Tom.

Parfois, Lilou avait envie d'en imposer à son frère. Parfois, elle préférait ne pas être une briseuse de rêves. Avisant sa petite figure congestionnée par le froid mais rayonnante à l'idée que la vie puisse pulser dans les veines froides de ce bonhomme de neige, elle choisit, cette fois, de ne pas le contredire. Elle n'était pas si intransigeante qu'elle aimait le laissait paraître. Malgré son jeune âge, elle savait faire preuve de discernement. C'est peut-être ce qui donnait l'impression d'une maturité hors du commun et ce qui déroutait parfois certains adultes.

— Comment on l'appelle ? demanda-t-elle.

— Cari Bou !

— C'est pas un prénom, ça...

Tom lui lança un regard plein de désapprobation.

— Pourquoi ce serait pas un prénom ?!

Des murmures et des bruits de pas dans la neige stoppèrent net leur débat. Ils se retournèrent, surpris.

Un homme et une femme avançaient vers l'hôtel.

Intriguée, Lilou avisa les deux adultes. Les bonnets et les cache-nez recouvraient leur visage et le rideau de neige, assorti au vent qui commençait à se lever, n'aidait pas la petite fille à identifier les deux arrivants.

Mais quand la femme retira son bonnet pour se gratter le front et qu'une queue-de-cheval châtain tomba sur sa nuque, Lilou reconnut la serveuse.

La fillette s'apprêtait à la héler quand l'homme à côté d'elle retira l'écharpe qui entourait son propre visage. C'était Pierre, l'époux de Michèle.

Hum, bizarre, songea la fillette.

Que trafiquaient-ils ensemble ? Et pourquoi Michèle ne se trouvait-elle pas avec eux ?

La fillette sentait confusément que quelque chose ne tournait pas rond. Aussi s'abstint-elle de les interpeller, préférant jouer le jeu de la discrétion. Mais son frère, lui, ne s'embarrassa pas de tant de fioritures.

— Hé ho. Monsieur Sécu est pas avec vous ?

Laurine et Pierre s'immobilisèrent. Pierre envoya un signe discret aux deux enfants et prononça quelques mots à l'oreille de Laurine. Cette dernière baissa la tête et disparut rapidement derrière le bâtiment.

Pierre s'approcha seul et dépassa les enfants en silence sans leur accorder plus d'attention.

Hum hum, de plus en plus bizarre, se dit Lilou.

— Il a même pas répondu…, fit remarquer Tom avec amertume, c'est pas très poli…

— Ils ont sûrement des problèmes de grandes personnes, déclara-t-elle l'air de rien, histoire de tranquilliser son frère qui, elle le savait, s'inquiétait facilement depuis que leur papa était parti.

« Un contrecoup », avait dit un jour un docteur avec une barbe qui devait gratter et une blouse amidonnée.

Oui, Lilou connaissait le mot « amidonné ». Parce qu'entre autres activités, il lui arrivait de recopier le dictionnaire. Elle avait presque fini le A. A, comme « amidonné ».

— Bougez-vous de là, les marmots !

Les réflexions de Lilou se cognèrent contre la voix tonitruante de Hagrid/Lucien. Les enfants obéirent sans moufter : ils se décalèrent et le regardèrent, bouche bée, monter lentement les marches en faisant claquer ses énormes bottes sur le bois. Il traînait derrière lui un énorme sapin de Noël.

— Waouh ! s'exclama le petit Tom. C'est pour nous ?

Lilou eut bien envie de supplier son frère de se taire mais c'était trop tard, le mal était fait. Lucien se figea, se tourna très lentement à la manière d'une vieille girouette rouillée, pencha son énorme buste et colla son museau tout près de celui du petit garçon qui n'en menait pas large.

— C'est pas pour vous, c'est *à cause* de vous ! Faudra être sages, hein ! Il commence à être tard, restez pas dehors !

Tom déglutit et acquiesça fébrilement, sous les yeux de sa sœur, qui, tétanisée elle aussi, se mordit les lèvres. Les deux enfants n'osaient plus respirer.

Lucien reprit sa progression molle de géant en ronchonnant. Le sapin, couché et traîné sans le moindre ménagement, donnait la chair de poule aux enfants. Quand, enfin, l'homme fut rentré dans l'hôtel, ils se remirent à respirer normalement et se regardèrent, éberlués.

— Y a un truc bizarre ici, déclara Lilou.

— Ouais, heureusement qu'on a le bonhomme de neige…, rétorqua son petit frère, très sûr de lui.

Ils secouèrent leurs pieds sur le paillasson, poussèrent la porte d'entrée, pénétrèrent à l'intérieur. Le carillon chantonna. Et un énorme bruit éclata.

12

En entendant l'énorme bruit, Fanny lâcha ses aiguilles et se précipita à la fenêtre. Ce qu'elle vit la saisit d'effroi : une gerbe de neige colossale avait jailli de la montagne. Une gigantesque masse blanche dévalait les pentes à toute allure en se propageant tout autour d'elle.

Pire : elle se dirigeait droit vers eux.

Pendant combien de temps son cerveau fut-il incapable de la moindre connexion, elle n'aurait su le dire, mais cela lui sembla à la fois très long et très court. Épouvantée par la coulée menaçante et par le spectacle grandiose de l'avalanche, elle resta paralysée, les jambes clouées au sol, les bras coincés le long de son corps, le buste tendu à l'extrême. Elle était soufflée. La neige avançait dangereusement. D'instinct, elle recula, oubliant que les murs de l'hôtel la protégeaient.

Au loin, en haut de la montagne, un petit point lumineux attira son attention. Quelqu'un ou quelque chose dégringolait sur des skis ou une luge – comment savoir à cette distance et avec la panique qui vous submerge ? La tache luminescente dansait dans la nuit en se rapprochant.

Une torche, se dit Fanny quand la tache fut plus près, *tenue par un barbu.*

Elle n'eut pas le loisir d'étudier l'étrangeté de cette vision, cette constatation louche l'ayant catapultée dans la réalité. Une autre panique, plus viscérale, s'empara alors de la jeune femme.

Tom ! Lilou ! Où sont mes enfants ? Pourvu que…

Ses membres se remirent à fonctionner, mécaniquement, presque indépendamment de son esprit. Elle sortit de la chambre en trombe sans prendre la peine de fermer la porte et se rua dans l'escalier.

Tom, Lilou…

Elle les trouva à l'intérieur, vivants, en bonne santé. Hélène s'efforçait de les rassurer en les tenant éloignés des vitres.

Dès qu'ils aperçurent leur maman, les enfants se jetèrent dans ses bras. La panique quitta Fanny d'un seul coup, ses jambes flageolèrent et elle dut se retenir au cadre de la cheminée pour ne pas tomber.

La jeune femme examina alors la salle. Tous les clients étaient présents, pétrifiés, muets, bleus – ou blancs selon les carnations – de trouille. Franck avait abandonné son catalogue de sanitaires à ses pieds, Kate tenait Emma qui se tenait le ventre, Pierre berçait Michèle, Monsieur Sécu tremblait sur les genoux de sa maîtresse, Laurine se rongeait les ongles, le petit-fils de Jean-Noël tapait fébrilement du pied. Même Lucien avait cessé de bougonner. Il se tenait immobile près de l'énorme sapin qu'il avait appuyé contre un des murs. Personne ne parlait. Seul le crépitement des flammes dans le foyer osait briser l'hébétude générale.

Ces mêmes flammes qui se reflétaient dans le regard du vieil homme…

On entendit un *flaoutch.* Puis plus rien.

— C'est fini, lâcha Hélène d'une voix bouleversée.

Tous se regardèrent, interloqués, ne sachant trop quelle attitude adopter. Au bout d'un moment, Lucien sortit pour évaluer les dégâts. On l'entendit ronchonner, encore, et forcer après la porte. Ils le suivirent. Le carillon se trémoussa et accompagna le passage de chacun des hôtes par une jolie musique qui contrastait furieusement avec l'ambiance. La neige, qui par bonheur ou par miracle, n'avait ni pénétré dans l'hôtel ni fait voler les vitres en éclats, s'était arrêtée sous le fronton. Elle les dépassait de près d'un mètre. L'un après l'autre, ils durent escalader.

Une fois tout le monde dehors, le carillon se tut, remplacé par la sidération et un silence assourdissant.

La neige avait tout recouvert. Enfouies sous un coton blanc, les automobiles n'étaient plus que de petites protubérances qui affleuraient à la surface. Les réverbères éclairaient toujours mais semblaient bien plus petits. La neige avait amputé les lampadaires d'un bon mètre cinquante.

— Faut pas avancer, grommela Lucien, on peut s'enfoncer.

Remarque inutile puisque personne ne s'y serait risqué.

Un à un, les hôtes des Cinq Marmottes rebroussèrent chemin pour se cloîtrer à l'intérieur. Là, Hélène dressa le bilan. Le positif d'abord : on était chanceux, aucun blessé n'était à déplorer.

— À croire que la montagne nous a fait une fleur, ajouta-t-elle en souriant.

Et puis, l'électricité fonctionnait toujours, ce qui était quand même une sacrée épine en moins. Quant à la radio, Lucien irait vérifier tout à l'heure.

Le négatif ensuite : la ligne téléphonique avait l'air d'être rompue, Internet était dans les choux et les chasse-neige ne déblaieraient pas tout de suite. Elle précisa, avec une intonation résignée :

— C'est toujours comme ça, ils viennent d'en bas et ils grimpent pas vite.

Tous étaient encore sous le choc, chacun peinait à recouvrer ses esprits. Il leur était donc difficile d'imaginer les conséquences pratiques des problèmes soulevés par la propriétaire des lieux. Aussi, personne ne réagit.

Personne, sauf un.

— Excusez-moi, ça veut dire quoi, au juste, « ils grimpent pas vite » ?

C'est ce Romain, le petit-fils de Jean-Noël, qui avait posé la question. Ce qui n'étonna pas outre mesure Fanny, qui s'était déjà fait son opinion sur le type en question.

— Eh bien, fit Hélène, ça veut dire trois ou quatre jours, ça dépend.

— Les voitures avec quatre roues motrices passent quand même, non ? demanda-t-il encore. Parce que je dois partir demain absolument et…

— Bah, tu partiras pas demain, mon gars, ça, c'est sûr, rétorqua Lucien du ton de celui qui se réjouit de la mésaventure d'autrui.

Quelqu'un pouffa.

Bien que le désespoir flagrant de Romain ne fût pas pour lui déplaire, Fanny, elle, n'avait pas envie de rire. Elle aussi avait des impératifs. Elle fouilla dans sa poche, sortit son téléphone portable, regarda l'écran, constata qu'il n'y avait plus la moindre trace de réseau.

Je savais que venir ici était une très mauvaise idée ! Comment je vais faire ? Je dois remplacer Nadia, et avec Carambar qui s'est couché à côté de Jean-Noël, je…

Un gémissement fit taire son angoisse.

Emma s'était pliée en deux, terrassée par une puissante contraction.

— Ça va pas ? s'inquiéta Kate en posant une main sur son dos.

Emma n'avait manifestement pas la force de répondre ; elle fit signe qu'une deuxième contraction s'annonçait. Inconscient de ce qui était en train de se tramer dans son dos, Romain, lui, poursuivait :

— Je comprends bien que vous n'y êtes pour rien, mais je n'ai pas le choix, il faut absolument que je sois rentré demain soir. Il y a sans doute un moyen d'activer les choses…

Hélène secoua la tête, désolée.

— Non, aucun, je suis confuse, c'est comme ça ici, c'est la nature qui décide. Et nous, on n'a pas d'autre choix que de patienter…

Romain regarda autour de lui à la recherche d'une solution, comme si celle-ci pouvait se trouver dans un cadre accroché au mur. Le jeune homme, nerveux, dansait d'un pied sur l'autre.

— Des pneus neige, c'est fait pour, ça doit passer, des pn…

Gnagnagna, quel crétin, ne put s'empêcher de penser Fanny. *Eh ben, non, mon gars, comme tu le vois, l'argent n'achète pas tout. On peut placer les vieux qu'on n'a plus envie de voir, mais les billets, ça fait pas fondre la neige…*

Pendant que Romain enfilait les jérémiades, Emma se replia en deux dans un cri étouffé.

— Ça va pas ? répéta Kate, à haute voix cette fois, de telle sorte que l'attention de tous se déporta *illico* vers les deux jeunes femmes.

Pierre délaissa alors Michèle pour s'approcher d'Emma.

— J'imagine que c'est… à cause… les émotions…, suggéra Kate, des larmes d'inquiétude au fond des yeux.

Le médecin à la retraite opina du chef avant d'aider Emma à se lever.

— Venez, montons dans la chambre, nous allons regarder ça. Il va falloir vous reposer.

Hélène regarda les deux jeunes femmes sortir de la pièce avec le docteur. Quand ils eurent disparu de son champ de vision et qu'on n'entendit plus que leurs pas dans l'escalier en bois, elle s'approcha de Lucien, qui s'était remis en tête de faire tenir debout l'énorme sapin. Elle se mordait les lèvres.

— C'est pas de bol que cette petite soit enceinte, susurra-t-elle, pas de bol du tout…

Lucien lâcha un juron qui ressemblait à une confirmation.

13

Les émotions de la journée poussèrent chacun dans sa chambre de bonne heure, ce soir-là. Si Hélène s'était montrée rassurante quant au fait que les provisions ne manquaient pas et qu'on pouvait tenir un siège pendant des mois si l'on y était obligé – ce qui ne serait pas le cas, avait-elle rappelé aux clients désarçonnés par sa réflexion –, l'angoisse était vive aux Cinq Marmottes : être coincé à La Marmottière pendant un temps indéterminé, même si, bien entendu, personne n'allait mourir de faim ou de froid, ne constituait pas une perspective des plus réjouissantes. Parmi les clients les plus embarrassés par la situation, Emma et Kate détenaient probablement la palme.

Deux heures après l'avalanche, les contractions d'Emma s'étaient heureusement calmées.

Laurine avait apporté dans la chambre de quoi permettre aux jeunes femmes de se sustenter : deux portions de tartiflette fumantes – spécialement préparée avec du reblochon au lait pasteurisé –, du pain, un verre de vin rouge pour Kate, une eau gazeuse pour Emma, deux coupelles de fromage blanc sur un lit de crème de marrons.

Emma et Kate étaient assises autour d'un petit guéridon qui faisait normalement office de table de nuit.

— On n'a pas une si *bad luck* que ça, quand on y pense, signala Kate, la bouche pleine.

— Sûrement…

Kate avait raison. Le destin avait mis sur leur route un ancien médecin d'une grande gentillesse et très compétent. Elles avaient une sacrée chance dans leur malheur. Mais Emma était préoccupée.

Kate dévorait avidement le contenu de son assiette quand elle s'aperçut qu'Emma n'avait pas touché à la sienne.

— Pas faim ?

— Pas trop, non…

— Tu sais, ça va bien se passer. Et puis, ce Pierre va prendre soin de toi et du bébé…

Emma soupira :

— Ce n'est pas ça qui me tracasse, même si je préférerais que les contractions s'arrêtent et que le bébé ne soit pas trop pressé de sortir…

— Il faudrait que tu lui parles…

Emma s'esclaffa. Toutefois une pointe de tristesse sourdait de son exclamation un peu forcée.

— À Bine ? Je le fais tout le temps, je suis certaine qu'il en a marre de m'entendre.

« Bine » désignait un haricot ou une fève au lard et à la tomate. C'était le surnom qu'elles avaient donné à l'enfant à naître.

— Non, c'n'est pas le bébé qu'j'avais dans la tête…

Un voile sombre recouvrit le visage d'Emma. Kate prit sa main et se mit à pianoter doucement sur ses doigts.

— J'vois bien que ça t'fait du tort. Tu lui parles bientôt ?

— Oui, bientôt…

14

La nouvelle journée commença par une réunion au sommet. À l'issue du petit déjeuner, Hélène convoqua ses hôtes au petit salon afin de leur expliquer la marche à suivre et de répondre aux questions qui, elle n'en doutait pas, allaient être nombreuses. Lorsqu'ils furent au complet, elle s'éclaircit la voix.

— La radio de la station fonctionne, amorça-t-elle sur un ton débonnaire, et nous avons prévenu la vallée que tout le monde allait bien. J'ai également dit que nous avions la chance d'avoir avec nous un médecin, au cas où. Dites-vous qu'en cas de gros pépin, ils pourraient dépêcher un hélicoptère pour évacuer.

Hélène avait dirigé son regard vers Emma et Kate, qui hochèrent la tête en retour. Elle poursuivit son laïus :

— Je vous demanderai à tous de passer à la réception pour fournir les noms et numéros de téléphone des personnes à contacter autour de vous. Je les transmettrai par radio à la vallée et ils appelleront vos proches pour leur expliquer la situation et les tranquilliser.

Cette petite femme énergique ressemblait à s'y méprendre à une responsable d'animation d'un club de vacances, en plein pot d'accueil. Fanny songea qu'avec sa posture et sa mine enjouée, elle aurait tout aussi bien pu annoncer l'ouverture d'un buffet à thème, l'organisation d'un tournoi de beach-volley ou d'une soirée karaoké.

Le ronronnement d'un moteur fit brusquement tourner la tête de quelques-uns en direction des vitres. Avec le tas de neige qui obstruait la vue, il était impossible de savoir de quoi il provenait.

— Dites, intervint Romain, c'est une voiture que nous entendons ?

Son expression trahissait une lueur d'espoir. Aussitôt douchée par la patronne des lieux.

— Ah ça, non, c'est la motoneige du gars de l'épicerie-poste-bistrot du village. Il nous apporte le courrier et deux-trois choses. Y a que ça qui passe avec cette neige.

— Mais des pneus hiv…

— Y a que ÇA qui passe avec cette neige…, répéta d'une voix de stentor jurassien Lucien, qui venait juste de débarquer dans la salle.

Romain se recroquevilla dans le col de son pull en mohair et ne moufta plus. D'un côté, Fanny se réjouit de voir le caquet de ce type rabaissé. En même temps, ce Lucien lui filait les jetons à elle aussi.

— La neige a durci pendant la nuit, reprit la propriétaire en levant un index joyeux, on peut marcher dessus sans aucun risque. Ce qui est super, c'est que le tire-fesses a été épargné, tout comme la pente juste à côté. Ça ne remplace pas le domaine en entier mais ça vous permet tout de même de skier toute la journée ! Et ce, gratuitement !

Lilou et son frère lâchèrent un « *yes !* » ravi, détonnant dans la perplexité ambiante.

— Cadeau de La Marmottière pour le désagrément, crut bon de préciser Hélène devant l'air dubitatif général.

*

Une heure plus tard, Fanny et ses enfants enfilaient d'énormes chaussures de ski. Ils déambulaient tous les trois dans le hall comme trois cosmonautes sur la Lune, se moquant mutuellement de leur allure. Adossées contre le mur, trois paires de ski à la peinture écaillée les attendaient, disposées de la plus longue à la plus courte. L'équipement, prêté par l'hôtel, avait vécu. *Voire survécu*, pensa Fanny.

Bien sûr, elle n'avait aucune envie d'aller dehors et encore moins d'aller skier. Elle était bien trop soucieuse pour avoir le cœur à dévaler les pistes – enfin, la piste, puisqu'il n'y en avait plus qu'une seule qui fût praticable. Elle avait si peur de ne pas être rentrée assez tôt pour accompagner Jean-Noël… Et puis, Nadia attendait la relève, elle n'allait pas pouvoir la remplacer *ad vitam æternam*. Et Arlette, sa mère, qui avait sûrement besoin de récupérer sa voiture…

D'accord, faire du ski n'entrait pas dans ses priorités. Mais était-ce une raison suffisante pour en priver Tom et Lilou qui, eux, trépignaient d'impatience ?

Alors, tant pis, Fanny prendrait sur elle.

Armés de leur attirail vétuste, ils sortirent de l'hôtel et grimpèrent avec difficulté le tas de neige. Ils avancèrent cahin-caha en direction du tire-fesses et de la pente, miraculeusement épargnés par la déferlante de la veille.

Avisant l'absence de mouvement de la remontée mécanique, Lilou exprima ses doutes dans lesquels émergeait une pointe de déception :

— Si ça se trouve, elle s'est trompée, ça marche pas…

Ils progressèrent encore, explorèrent les alentours. Il n'y avait personne en vue. Un océan blanc sous un ciel obstinément grisâtre. Çà et là apparaissaient des traces de pattes que Tom, d'un œil expert, désignait comme étant, à n'en pas douter, celles d'un caribou.

— T'es vraiment grave ! s'échauffa Lilou.

Sa frustration de ne pas pouvoir skier amoindrissait ses capacités à la tolérance envers l'obsession de son petit frère pour les cervidés.

Fanny s'approcha de la cabine. À contre-jour, elle ne distinguait pas l'intérieur. Elle colla son nez à la vitre. Avant de reculer en poussant un cri aigu.

Un homme aux traits burinés venait de surgir face à la vitre. Fanny évalua son âge, à la louche, entre cent cinquante et trois cents ans. Il avait de petits yeux coincés dans deux fentes minuscules, des cernes profonds soulignant des globes creusés à la pioche, des cheveux blancs collés sur le crâne, trois dents manquantes dont l'absence donnait à sa bouche l'aspect d'un gouffre profond prêt à vous avaler. Son menton fuyant achevait de le rendre parfaitement angoissant.

Fanny avait sursauté. Les jambes chancelantes, elle s'employa à se remettre d'aplomb sans rien laisser paraître et à calmer son cœur qui battait à tout rompre. Le vieillard, lui, entrebâilla la fenêtre de son local.

— Je peux vous aider ? demanda-t-il sur un ton qui ne laissait subsister aucun doute sur le fait qu'il valait mieux répondre par la négative.

D'instinct, la jeune femme chercha la main de ses enfants. Elle bredouilla un ou deux mots avant d'être devancée par Lilou.

— C'est pour le ski…

Le vieux lorgna du côté de la fillette et la toisa de haut en bas. Mal à l'aise sous le feu du regard torve, la gamine se rétracta. Fanny recula d'un pas, la gorge sèche. Au diable le ski, des glissades en luge feraient tout aussi bien l'affaire.

— Hum hum, j'arrive…, fit le vieillard en renfermant la vitre.

Une seconde plus tard, une petite porte en bois s'ouvrit sur l'homme, qui écrasa la neige de son pas traînant. Il était trapu et court sur pattes. Il chiquait du tabac et le recrachait sans cesse. Une pensée traversa Fanny : il était typiquement le genre de rencontre qu'elle n'aimerait pas faire sur une route déserte. Ni sur une montagne enneigée sans personne à l'horizon.

Elle frissonna.

Avec son allure étrange et sa mine renfrognée, l'homme ne lui inspirait aucune confiance. Elle n'aimait ni le regard oblique qu'il posait sur ses enfants, ni la façon qu'il avait de renifler profondément. Pour faire court, elle ne le sentait pas.

Pas du tout.

Elle repensa brièvement à Lucien. *Décidément,* se dit-elle en ne sachant pas si elle devait en rire ou en pleurer, *à part Hélène, les personnes âgées du coin ont toutes un pet au casque.*

Elle décida cependant, une nouvelle fois, de prendre sur elle. Pour ses enfants. Elle s'arma de courage.

— Vous savez où se trouve la personne qui s'occupe du tire-fesses ?

L'homme cracha. Une giclée marronnasse s'écrasa sur la blancheur immaculée.

— C'est moi qui fais ça…

— Ah, c'est vous ? balbutia-t-elle.

À votre âge ? se retint-elle d'ajouter.

Mais l'autre ne fut pas dupe de son étonnement.

— Y a plus de jeunes par ici, on les a bouffés ! clarifia-t-il.

Devant la figure incrédule de la jeune femme, le montagnard explosa d'un rire sardonique qui faisait la part belle à sa dentition parcimonieuse.

— Je vais vous le mettre en route, annonça-t-il enfin en raclant le fond de sa gorge à la recherche d'un magma de salive et de tabac. Dites, vos petits, i'savent faire au moins ?

Fanny regarda les perches antiques qui grinçaient dans le vent. À cet instant, elles lui apparurent aussi engageantes que des instruments de torture du XIXe siècle. Quant au vieux bonhomme face à elle, il aurait très bien pu faire office de bourreau. Il avait en tout cas la tête de l'emploi.

— Un peu, oui. Enfin, ma fille, oui. Mais pas mon fils, c'est la première fois…

— Vous devriez entraîner le petit à descendre avant. Le temps que j'amorce la remontée…

Raoutch, nouvel atterrissage de tabac mastiqué dans la neige.

— Euh… oui, vous avez raison.

Telle une fillette prise en flagrant délit de négligence, Fanny, penaude, entraîna ses enfants vers le début de la piste. Elle montra à Tom comment enclencher ses skis et tenir les dragonnes de ses bâtons sous le regard de Lilou qui prenait son air de grande-sœur-qui-sait-des-trucs pour montrer qu'elle n'avait rien oublié de sa première fois au ski.

Ils montèrent sur un mètre, à la queue leu leu et en escalier. Tom fermait la marche. Au bout d'un moment, Tom fatigua : il tomba sur Lilou qui, à son tour, s'écroula sur Fanny. Trois dominos sur le flanc de la montagne. On n'était pas près de se lancer dans un slalom géant.

À force de patience, Tom parvint à monter. Puis à descendre. Assez rapidement, pour la plus grande joie de Lilou qui commençait à trouver le temps long, on envisagea de s'engager sur le tire-fesses.

Ce dernier fonctionnait à vide depuis une bonne dizaine de minutes. Les perches brinquebalaient dans un bruit de ferraille lugubre, d'autant plus angoissant que c'était le seul bruit que la neige n'assourdissait pas.

— Allez, on y va ! supplia Lilou.

Mais Tom secoua la tête d'un air boudeur. Le gamin était exténué par les efforts précédents et monter sur cet engin de malheur était au-dessus de ses forces.

— Essaie, au moins, tenta de l'amadouer Fanny.

— Non !

Il déchaussa ses skis et partit clopin-clopant s'asseoir à plusieurs mètres de là où il fondit en larmes. Fanny le rejoignit, pendant que Lilou chevauchait une perche et commençait seule son ascension.

— Mais… mon Tommy… pourquoi tu pleures ?

Le visage gercé par le froid et le sel de ses larmes, le garçonnet était inconsolable.

— Si tu ne m'expliques pas, je ne pourrai pas t'aider, insista gentiment Fanny.

Tom prit sa respiration et bafouilla :

— J'ai pas… encore… vu… de caca… caribou… si ça s'trouve… y en a même paaaaaaaas…

Les pleurs repartirent de plus belle. Fanny était désespérée, cette histoire de caribou prenait une ampleur inquiétante. Mais autre chose semblait attrister l'enfant ; il poursuivit dès que ses pleurs laissèrent à ses mots assez d'espace pour se faufiler.

— Papa me manque, articula-t-il en passant sa manche sur sa peau irritée. J'aurais bien aimé qu'il me montre comment on fait du ski.

Face à son fiston malade de ne pas pouvoir partager ce moment avec son père, le cœur de Fanny se mua en une éponge molle gorgée d'amour et de chagrin. Elle serra Tom dans ses bras aussi fort qu'elle le put.

Quand un cri fit trembler la montagne. Mère et fils se retournèrent de concert.

Lilou était couchée sur le ventre, la tête dans la neige, près des perches qui continuaient inlassablement leur ballet. Le vieillard se tenait à moins d'un mètre d'elle, enfermé dans un silence de mort, les mains solidement ancrées à sa taille, les yeux brillants d'une lueur dénuée de la moindre compassion. « Chut » faisait son index tordu posé au milieu de ses lèvres jaunies.

Fanny lâcha son fils et s'élança vers sa fille, non sans lancer un regard noir au vieil homme.

— Rien de cassé ? demanda-t-elle à Lilou.

La gamine renifla en secouant la tête. À nouveau, Fanny lorgna du côté de l'impassible vieillard qui n'en finissait pas de chiquer son maudit tabac.

Quelque chose en elle, qui tenait de la louve, se réveilla soudain. Se pouvait-il que cet homme bizarre ait sciemment provoqué la chute de Lilou ? Un peu plus tard, lorsqu'elle interrogerait sa fille, Lilou nierait que le vieil homme ait eu le moindre lien avec sa culbute dans la neige. Pourtant, Fanny n'était pas folle, ce signe en forme de « chut », elle ne l'avait pas rêvé.

Mais l'esclandre n'était pas au programme et elle ne gagnerait rien à confronter l'homme au milieu de cette montagne isolée, si ce n'est accroître la contrariété de ses enfants. Aussi, la jeune femme décida simplement que la séance de ski avait assez duré, chacun ayant eu son lot de larmes et d'émotions pour la matinée. Il était temps de rebrousser chemin, un chemin sur lequel ils croisèrent une Laurine et un Pierre visiblement déconfits de les trouver sur leur passage.

— Nous cherchions des plantes pour mon épouse, bafouilla Pierre comme s'il tentait de se justifier, elle est naturopathe…

Laurine était rouge pivoine. Était-ce la gifle du froid qui attaquait sa peau d'ordinaire si blanche, ou la gêne d'avoir été prise la main dans le sac ?

Fanny repensa à Michèle, à son sourire communicatif, à sa façon d'embrasser son mari tendrement, à sa gaieté, à son petit chien au nom rigolo. Elle se souvint de cette bouffée d'amour qu'elle avait ressenti en les voyant ensemble, à quel point elle avait envié leur bonheur simple d'être heureux et amoureux, d'être ensemble tout simplement. Elle eut la nausée de s'être autant fourvoyée.

Décidément, se dit la jeune femme qui commençait doucement à revoir sa position au sujet de l'humanité, *entre ces horribles vieux qui filent la trouille et l'histoire cruellement ordinaire de ce mari qui profite d'un séjour à la montagne pour tromper sa femme avec une fille qui pourrait être la sienne, on aurait mieux fait de rester chez nous.*

Dans quelle galère avait-elle emmené ses enfants ? Elle allait les compter, les jours jusqu'à l'arrivée des chasse-neige !

15

Lorsqu'ils pénétrèrent dans le hall, ils tombèrent sur Romain. Le jeune homme tenait son portable à la main, le levait très haut, le baissait très bas, et se déplaçait sans lâcher des yeux l'écran en grommelant des « pas de réseau » à tout bout de champ.

Dès qu'il aperçut Fanny, il se dirigea vers elle.

— Vous accepteriez de me prêter votre téléphone ? J'ai un coup de fil urgent à passer…

— À votre grand-père, je suppose, répliqua une Fanny amère.

Cette fois, l'autre ne se démonta pas et para l'attaque.

— Non, je vous l'accorde, ce n'est pas mon grand-père que je vais appeler. Figurez-vous que j'ai des obligations. Croyez bien que je suis navré pour vous si, vous, personne ne vous attend.

Vlan. Celle-là, Fanny ne l'avait pas vue venir. Ses idées titubèrent sous la violence de ces mots. Elle fut incapable de répondre. Pourtant si, on l'attendait, n'en déplaise à cet homme prétentieux. Mais elle n'emmerdait pas le monde avec ses problèmes. D'ailleurs, elle n'avait pas de leçon à recevoir d'un homme comme lui, plus arrogant qu'un… qu'un…

Les larmes montèrent aux yeux de la jeune femme.

— Je suis désolé, je n'aurais pas dû…, se radoucit Romain.

Fanny secoua la tête d'un air maussade et haussa les épaules.

— Oh, laissez tomber. J'imagine que c'est de bonne guerre, ce n'était pas correct de vous agresser comme ça…

Puis, la voix ébréchée, elle s'adressa à ses enfants en les emmenant vers le salon :

— On va manger…

— Et pour le portable ? rappela Romain avant qu'elle s'échappe. Vous me prêteriez le vôtre ?

Fanny soupira. Le type était un indécrottable, un obsessionnel. Il n'y avait rien à en tirer. Pauvre nature humaine.

— Marche pas non plus, comme le vôtre…, souffla-t-elle.

Cette aide-soignante avait quelque chose qui la lui rendait sympathique, songea Romain, un je-ne-sais-quoi d'attendrissant. Romain pressentait une indéfinissable profondeur derrière la façade de justicière. Mais pour l'heure, il avait juste besoin d'un téléphone. Alors, il arbora son plus beau sourire et insista :

— Vous en êtes sûre ?

Elle planta sur lui des yeux verts assassins. Puis elle sortit son mobile de sa poche et le brandit devant son nez.

— Là, vous êtes content ?

Les épaules de Romain s'affaissèrent.

Et merde, comment je vais faire ?

Il lui fallait absolument trouver une solution.

Il avisa le vieil homme assis derrière le comptoir, face à l'ordinateur de la réception. La souris s'agitait sous sa grosse pogne calleuse dans un bruit de plastique. Soudain parcouru d'espoir, Romain s'approcha de Lucien dont le visage s'éclairait par intermittence à la faveur des images projetées par l'écran. C'est du moins ce qu'il supposa.

— Dites, la ligne téléphonique de l'hôtel n'est pas encore remise ?

Le gardien secoua la tête sans prendre la peine de le regarder.

— Bon… et Internet… j'ai l'impression que vous avez Internet, maintenant, je pourrais envoyer un mail et…

Rebelote, Lucien ballotta la tête en signe de négation.

— Mais là, vous êtes bien sur Int…, protesta Romain en penchant le buste par-dessus le comptoir pour voir ce que trafiquait le vieil homme sur l'ordinateur.

Lucien appuya instantanément sur le bouton *Power* de l'écran. Celui-ci s'éteignit sous les yeux ronds d'étonnement du jeune homme.

— Mais…, mâchouilla-t-il avec l'air d'un gamin qui vient de subir une injustice flagrante.

Lucien se déplia avec la lenteur d'un ours en le fixant d'un regard acéré.

— Y a pas Internet.

— Mais enfin, vous… Le wifi est peut-être endommagé mais la connexion filaire…, plaida encore Romain, noué par l'incompréhension.

— Y A PAS INTERNET. POINT FINAL, martela Lucien de sa voix grave et profonde.

Romain sursauta. Même Monsieur Sécu, qui explorait le hall d'entrée et menaçait de lever la patte sur la reproduction en bois d'une marmotte géante, se mit à grogner.

Fanny avait assisté à la scène. Elle continuait à se dire que ça ne tournait pas très rond par ici. Que ces vieillards n'étaient pas seulement une belle brochette d'allumés. Qu'il y avait autre chose. Une autre chose qui allait finir par l'angoisser sérieusement.

Perdus au milieu de cette montagne, coincés par l'avalanche sans possibilité de retour imminent ou de contact, ils étaient à la merci des habitants étranges de La Marmottière.

Et l'inquiétude enfla jusqu'à prendre toute la place…

16

L'après-midi avançait. Michèle lisait près de la cheminée. Ce n'était pas un livre qu'elle tenait entre les mains mais un épais tapuscrit qui s'intitulait *Nature, bien-être et joie de vivre : comment les plantes vous rendent heureux.* Son nom était inscrit sous le titre. Un stylo à la main, elle annotait en vert des passages entiers, dessinait des flèches, traçait des cadres et des points d'exclamation. Près d'elle était posé un tas de Post-it. De temps à autre, elle en détachait un pour le coller au coin d'une page.

— Tu lis quoi ? demanda Tom en s'installant à côté de la sexagénaire.

La femme enleva ses lunettes et sourit à l'enfant.

— C'est un livre que j'ai écrit et que je dois corriger.

— Ah ? fit le garçonnet avec intérêt. Tu as déjà écrit un livre sur les caribous ?

— Non, répliqua-t-elle, amusée. Mais c'est une piste que je vais envisager, tu as raison, les caribous ont sans doute beaucoup à nous apprendre.

Le petit garçon approuva d'un air sérieux. Ses jambes, trop courtes pour atteindre le sol, se balançaient dans le vide. Pendant une dizaine de secondes, il s'amusa à gonfler ses joues et à appuyer dessus avec son index pour les faire dégonfler dans une succession de petits prouts.

— Et c'est un livre sur quoi que tu écris, si c'est pas sur les caribous ? demanda-t-il encore.

— Eh bien, c'est un livre sur les plantes, sur tout ce qu'elles peuvent nous apporter.

— Tu as mis la plante que ton mari t'a donnée tout à l'heure dans ton livre ?

— Une plante ? parut réfléchir Michèle. Non, Pierre ne m'a pas donné aucune plante.

— Mais si, persista Tom, quand on l'a rencontré av…

Fanny, qui avait tout entendu, s'immisça dans la conversation et stoppa net son fils avant qu'il dévoile le pot aux roses.

— Arrête d'embêter la dame, mon Tommy. Viens, je vais te montrer un truc dans la chambre.

Puis, se tournant vers Michèle :

— Je suis navrée, il est mignon mais il ne sait pas toujours s'arrêter…

Fanny avait la vilaine impression que son embarras était un phare au milieu de son visage.

— Je vous en prie, ne vous excusez pas que votre fils soit plein de vie, il est adorable…, répondit la naturopathe sur le ton empreint de bienveillance dont elle était coutumière.

Mal à l'aise, la jeune femme s'excusa encore avant de prendre la main du petit garçon et de l'éloigner prestement.

Ouf, c'était moins une.

Un peu plus, et Tom atomisait ce séjour déjà sacrément problématique.

Pendant ce temps, Lilou, restée à l'extérieur, érigeait une petite tombe au-dessus de l'emplacement de feu le bonhomme de neige qui, malheureusement, n'avait pas survécu à l'avalanche. Elle était morose. Le manque que Tom avait exprimé un peu plus tôt, sur la piste, l'avait renvoyée à son propre chagrin. Bien qu'elle en parlât peu, elle pensait souvent à son père, à toutes ces choses qu'ils avaient faites et à toutes celles qu'ils n'expérimenteraient jamais. Évoquer le sujet avec sa maman n'était pas simple pour la fillette qui se refusait à faire la moindre peine à Fanny. Alors elle se débrouillait toute seule avec sa tristesse. La plupart du temps, elle s'en sortait. Mais il suffisait de peu pour que déborde le vase de son chagrin ; le fait d'avoir vu son frère si malheureux un peu plus tôt l'avait inondée d'une sourde mélancolie.

Elle venait de finir d'attacher ensemble deux branches qui à présent formaient une croix. Elle avait l'intention de planter cette croix dans la neige et d'écrire « Cari Bou » en lettres majuscules. Elle prononcerait ensuite une homélie rapide et digne en hommage à celui qui n'aurait jamais l'occasion d'être le gardien des Cinq Marmottes. Et puis, parce qu'elle sentait confusément que la vie renaît toujours, elle donnerait à ce bonhomme de neige un ou deux petits frères – ou des bébés, la messe n'était pas encore dite sur cette question – qu'elle façonnerait à côté de la tombe. Ils lui tiendront compagnie et il pourra les regarder jouer, se disait-elle.

Mais ses projets avortèrent.

Alors qu'elle s'apprêtait à enfoncer les bâtons dans le monticule de neige, elle fut attirée par un vrombissement de moteur et un éclat de rire féminin. Piquée par la curiosité, elle ne put s'empêcher de faire quelques pas en direction du véhicule qui ronronnait. Près de l'entrée de service, elle découvrit une main qu'on rentra vivement à l'intérieur et une motoneige qui venait d'être démarrée par un jeune homme emmitouflé de la tête aux pieds.

Venu apporter le courrier et quelques bricoles, l'employé de l'épicerie-poste-bistrot repartait maintenant vers le village. Lilou contempla l'engin jusqu'à ce qu'il soit avalé par l'horizon. Tandis que le silence enveloppait de nouveau la montagne, une idée émergea dans son esprit. Une idée comme seuls les enfants savent en avoir.

17

Après un repas pris dans un mutisme tracassé, Hélène, cherchant à détendre l'atmosphère, annonça que des jeux de société étaient disponibles dans le salon. Échecs, Monopoly, Puissance 4 et autre Scrabble faisaient partie des nombreuses et excitantes distractions offertes par les Cinq Marmottes à ses hôtes.

— Et nous, on a un Uno à prêter ! avait enchéri Tom.

Personne, hormis les enfants et Monsieur Sécu, petit chien au cœur chaud, ne témoigna un enthousiasme débordant à l'idée de cette veillée de jeux de société. Mais Hélène avait cette bonne humeur communicative qui la rendait unanimement sympathique. Aussi, pas un, ce soir-là, n'osa refuser de participer et ils se rendirent ensemble dans le salon.

À l'exception du feu dans la cheminée, la pièce était plongée dans la pénombre. Tout à coup, des diodes multicolores se mirent à clignoter. Adultes et enfants écarquillèrent les yeux. Un murmure d'émerveillement se répandit aussitôt dans la petite assistance. L'immense sapin, traîné comme un sac de pommes de terre la veille, avait été paré pour Noël. Des boules rouge et vert métallisé pendaient au bout des branches, des guirlandes dorées serpentaient entre les épines, une gigantesque étoile argentée trônait tout en haut. Ce sapin, qu'on n'attendait pas compte tenu des circonstances, était un cadeau splendide.

— C'est vous qui avez fait ça ? demanda Michèle à Lucien, le ravissement prenant le pas sur la nervosité qu'elle ressentait d'ordinaire au contact du vieil homme.

— Faut bien, répondit le vieil acariâtre bourru en observant du coin de l'œil le manège des clients qui tournaient autour du sapin comme des oisillons autour de leur mère. Ça va pas se faire tout seul…

Au début, chacun s'établit avec son clan : Emma et Kate entamèrent une partie d'échecs, Pierre et Michèle se lancèrent dans une bataille endiablée de Petits Chevaux, Fanny et ses enfants jouèrent aux cartes, Laurine provoqua Hélène dans un duel au Puissance 4.

Romain, lui, était scotché à la fenêtre, son portable dernier cri inutile au creux de sa paume.

Franck s'approcha de Fanny. Il amorça un mouvement, se cogna contre un guéridon, réprima un juron, vint se poster près d'elle, et entama la conversation.

À partir de là, sans qu'on sache trop comment – sans doute parce que la décoration merveilleuse du sapin avait réchauffé les cœurs –, les équipes se mélangèrent et la magie opéra. Au bout d'une demi-heure, Kate riait avec Pierre, Emma s'entretenait très sérieusement avec Fanny et Franck, Michèle dissertait sur les bienfaits de la sauge pour éviter l'oxydation de la peau auprès d'Hélène qui l'écoutait religieusement, et Romain bataillait avec Lilou et Tom au sujet d'une règle biscornue qui permettait de jouer à trois à la bataille. Quant à Monsieur Sécu, il passait allégrement de l'un à l'autre en secouant la queue, trop heureux de récolter des caresses et des gratouillis à chaque passage.

— … je ne crois pas au hasard. Je pense au contraire que certaines personnes sont connectées, d'une manière ou d'une autre. Si j'osais, chère Fanny, je dirais même que nous ne sommes pas là pour rien. Je suis un intuitif et, vous savez, je sais reconnaître les affinités. Qui sait si cette avalanche n'est pas, dans le fond, la meilleure chose qui nous soit arrivée ? Qui sait si, là-haut (Franck pointa son index en direction du plafonnier), ils ne manœuvrent pas pour nous faire ouvrir les yeux… Nous devrions garder contact quand tout cela sera terminé… Vous et moi, nous avons cette sorte d'affinité cosmique…

Sans réaliser que Fanny ne l'écoutait pas et qu'Emma était au bord de l'implosion tant elle se retenait de rigoler, le vendeur de sanitaires maintint son cap :

— Ne perdez pas mon numéro de téléphone, Fanny, il faut absolument qu'on reste en contact. Je sens que vous et moi… comment dire… vous croyez aux vies antérieures ? J'y crois beaucoup et j'ai la sensation très forte que nous sommes liés, comme si nos âmes avaient déjà vécu une histoire… Vous voyez ce que je veux dire ?

Fanny acquiesça distraitement. En réalité, elle n'avait rien compris au caquetage du représentant. Elle n'avait pas écouté, trop absorbée par autre chose…

Par cet homme qui, à l'autre bout de la pièce, faisait sourire ses enfants.

Ils s'amusent tellement…

— Et la numérologie, vous y croyez ?

Tom et Lilou, mes trésors, si vous saviez comme j'aime vous voir rire…

— Je m'y connais un peu, vous savez, donnez-moi votre date de naissance, je pourrai calculer votre nombre…

C'est étrange, jamais je n'aurais pensé qu'un type comme lui puisse être complice avec des enfants…

— Je vous écoute, quelle est votre année de naissance ?

Au fond, il est peut-être plus sympa qu'il n'en a l'air…

— Ho ho, Fanny, insista Franck en secouant sa main devant l'aide-soignante, je sens que je vous perds…

Ça ne l'excuse pas d'être aussi égoïste…

Le rire d'Emma explosa.

18

Cette nuit-là, Romain eut beaucoup de mal à s'endormir. Était-ce le fait d'avoir joué toute la soirée avec les gamins de cette aide-soignante enragée mais touchante qui avait réveillé son abattement ?

Les enfants, ça avait toujours été son truc. S'il se sentait instinctivement porté vers eux, eux cherchaient naturellement sa compagnie. Dans les avions, par exemple, il y avait toujours un enfant pour venir lui parler. À chaque réunion de famille, il se retrouvait aussitôt encerclé par les petits-cousins. Romain admirait leur faculté à ne pas juger à l'emporte-pièce et l'entrain continu qu'ils témoignent aux choses simples. Avec eux, nul besoin de tricher, ils vous acceptent tel que vous êtes. Rien à voir avec les adultes, auprès desquels il faut se montrer sous son meilleur jour, quitte à faire semblant, à mentir ou à filouter. Voilà pourquoi il préférait en général la compagnie des enfants à celle de leurs parents.

C'est ce rapport particulier à l'enfance qui l'avait conduit dans le monde du jeu vidéo. Sa femme le lui reprochait souvent.

« Tu n'es qu'un gosse. »

« Et ça ne te gêne pas, toi, de rester à la maison toute la journée, à faire joujou sur ton ordinateur ? »

« Grandis un peu ! Le monde, ce n'est pas de courir après des zombies dans un centre commercial ! »

La vérité, c'est que Romain n'ambitionnait ni de devenir riche ni d'avoir une carrière internationale, ce qui, du point de vue de son épouse, se résumait à un manque total d'ambition. Mais elle se trompait, voilà ce que Romain ne parvenait pas à lui faire comprendre. Revêtir un costume trois-pièces fabriqué sur mesure et courir d'une réunion à l'autre sur tous les continents n'étaient pas l'unique voie vers le bonheur. Pour lui, c'était même tout le contraire.

« Tu pourrais te trouver un boulot plus rentable. Tu aurais pu tenter le coup au moins six mois dans l'entreprise de mon père ! »

Parlons-en de l'entreprise du beau-père. Pour faire plaisir à Carole, Romain avait accepté d'intégrer le service *digital marketing* – en anglais dans le texte, vu que c'est toujours en anglais dans le texte dans ces cas-là – et d'enfiler les habits du parfait consultant, chaussures classes, pantalon ajusté, chaussettes un-peu-fun-mais-pas-trop pour montrer qu'on est dans le coup. Réunions, PowerPoint, voiture de fonction, séminaires au George V et bavardages autour de la machine à café étaient devenus son lot quotidien. Mais la mutation de l'éternel adolescent en businessman tant espérée par Carole n'avait pas opéré : il avait eu l'impression d'être un singe déguisé, enfermé dans une cage de montreur de cirque. Ce n'était pas son univers, pas sa place, pas pour lui. Il n'avait pas réussi à lutter contre sa nature profonde et, au bout de trois mois, épuisé d'endosser un costume trop grand pour lui, il avait lâché l'affaire.

Pour Carole, la démission de son mari avait été dure à encaisser. Elle qui était tellement à l'aise dans ce milieu qu'elle fréquentait depuis sa plus tendre enfance avait les plus grandes difficultés à concevoir qu'on puisse ne pas aimer ça. Carole, elle, ne vivait que pour son boulot. C'était une femme carriériste qui ne rechignait pas à la tâche. Elle obtenait tous les postes qu'elle briguait, les contrats qu'elle convoitait, l'argent qu'elle souhaitait. Au prix de sacrifices. Et c'est toujours sa vie privée qui se retrouvait sur l'autel, prête à être hachée menu, devant le Dieu Réussite.

Aussi était-il inenvisageable qu'un bébé vienne perturber son autoroute : à ses yeux, un enfant n'était qu'une entrave.

« Je ne peux pas me permettre de m'arrêter maintenant, tu ne te rends pas compte ! Il y a ce dossier avec la Bank of China, ce partenariat avec Chanel, les relations que j'ai construites avec Colgate. Une absence de deux mois, c'est le tsunami assuré ! Et puis, c'est important, la silhouette, dans mon métier. Il faut que je présente bien. Toi, bien sûr, tu ne peux pas comprendre, avec tes jeans trop grands, tes sweats à capuche et tes superpositions de tee-shirts, personne ne te reprochera de ressembler à Sheldon de *Big Bang Theory*. Mais dans mon milieu, l'apparence, c'est primordial. Dix kilos de plus et je ne serai plus bonne qu'à faire les photocopies et apporter le café. Regarde cette pauvre Delphine, trois mioches et elle s'est transformée en cheval. Résultat des courses (c'est le cas de le dire…), ils l'ont collée au standard. Tu m'imagines, moi, rétrogradée en simple standardiste ? Plutôt crever ! Et puis, comment on ferait pour payer les maisons, les voitures et tout le reste ? C'est pas sur toi qu'on pourrait compter, n'est-ce pas ? »

Pourtant, cet enfant, Romain en rêvait.

Ils avaient eu cette discussion une bonne dizaine de fois. Mais le constat ne changeait pas, Carole campait sur sa position. Pire, elle prenait l'entêtement de Romain pour la confirmation d'un manque patent de maturité.

Bien sûr, il opposait à sa femme que le bonheur ne se comptait pas en enfilade de zéros sur un compte bancaire, qu'il n'était pas fonction du nombre de soirées mondaines auxquelles on était invité, qu'on pouvait très bien être heureux dans une existence sans villa sur la Côte d'Azur et sans Porsche Cayenne. « Ah, lui avait-elle rétorqué une fois sur un ton mêlant dépit et dédain, tu ferais moins le malin dans une Twingo. »

Carole était une femme dure ; à force, Romain s'était habitué à avaler des couleuvres.

Entre eux, il n'en avait pas toujours été ainsi. Au début, ils s'étaient aimés. Passionnément. Il avait été séduit par sa force, son énergie, son esprit d'indépendance, sa ténacité, sa confiance en elle, cette capacité à obtenir tout ce qu'elle voulait. Elle, elle aimait son mépris des conventions, ses discours passionnés, sa propension à rêver. Elle portait aux nues son humour, il adorait son rire.

Mais, peu à peu, l'amour s'était étiolé. Au fil du temps et des disputes, Romain avait réalisé que leurs envies étaient devenues trop différentes pour espérer se rejoindre un jour. Aucun des deux ne faisait plus l'effort de faire un pas vers l'autre. Leur relation n'était plus qu'un tas de cendres.

De temps en temps, Carole emmenait Romain avec elle dans ses soirées chic. Elle le montrait, comme un pêcheur prend la pause en brandissant un énorme mérou, un millionnaire fier de sa voiture de course, un collectionneur qui bombe le torse en exhibant sa nouvelle acquisition. Il faut dire qu'avec ses grands yeux bleus, ses traits fins et sa jolie prestance, Romain était très bel homme. Sur ce plan, Carole n'avait rien à lui envier : grande, élancée, le visage symétrique, le nez droit, un maquillage efficace sans être ostentatoire, un don pour se mettre en valeur, son épouse était ce qu'il est communément admis d'appeler une bombe. À eux deux, ils donnaient l'illusion parfaite d'un couple idéal, qui ferait de beaux enfants.

La bonne blague, se disait amèrement Romain quand lui parvenait ce genre de réflexions débiles.

La plupart du temps, Romain était seul à la maison : il développait des jeux vidéo pour smartphones qui lui assuraient un revenu minimal, effectuait les tâches ménagères, cuisinait et faisait en sorte d'offrir à Carole, sinon la vie qu'elle souhaitait – pour ça, c'était fichu, il ne se faisait aucune illusion –, au moins l'intendance qui lui permettait d'être le plus disponible possible pour ses activités extérieures. Au mieux, il était devenu un majordome dans sa propre maison. Au pire, il faisait partie des meubles.

En somme, leur couple battait de l'aile depuis plus de trois ans. Et le jeune homme en était malheureux comme les pierres.

Cette avalanche qui le bloquait dans ce maudit hôtel n'arrangeait pas son problème. Carole avait été très claire : « Le réveillon de Noël, c'est chez mes parents, tout le monde sera présent, tu dois être là. » Il avait promis.

Je dois être là, se répéta-t-il dans la nuit noire, tandis qu'il comptait les jours qui le séparaient du 24 décembre. *Mais comment je pourrais être là vu que j'ai aucun moyen de descendre la vallée ?*

Il avait essayé de soudoyer le livreur pour qu'il lui prête sa motoneige mais l'autre avait refusé tout net, au motif que la motoneige appartenait à l'entreprise qui l'employait et qu'il n'y en avait qu'une dans tout le périmètre. Il avait aussi parlé d'assurance mais, là, Romain n'avait pas bien compris.

Il avait envisagé de louer une motoneige par ses propres moyens mais comment faire sans Internet et sans pouvoir approcher cette maudite radio que Lucien gardait sous clé et veillait comme un dragon devant l'entrée d'un château ?

Bref, il avait écumé toutes les possibilités. Et le constat était sans appel : il était coincé dans une maison de fous.

Je n'aurais jamais dû venir ici...

Le réveillon avait lieu le samedi. Ce qui lui laissait trois jours. Trois minuscules petits jours durant lesquels il allait devoir prier que les chasse-neige fassent leur apparition, ce qui, si on en croyait les paroles d'Hélène, était loin d'être garanti.

« Il faut parfois savoir être patient, la vie est aussi faite de ces moments-là. »

Voilà ce que l'hôtelière lui avait opposé sans se départir de son petit sourire aimable et professionnel. La belle affaire, c'était simple pour elle d'attendre que les employés de la voirie daignent lever le nez vers la montagne, rien ne l'obligeait, elle, à descendre, vu qu'elle était chez elle.

Le pire, c'est qu'il ne pouvait même pas appeler Carole. Il supposait que l'information avait bien été transmise, que les proches avaient été prévenus. C'est ce qu'avait assuré Hélène, en tout cas. Mais ce n'était pas la même chose qu'une conversation directe. Il imaginait d'ici la nervosité de sa femme à l'idée que tout ne soit pas totalement planifié, sous contrôle. Elle devait être folle de rage. Contre la neige, contre la montagne, contre le Jura, contre le monde entier. Et surtout contre lui.

19

Une nouvelle aurore se répandit sur La Marmottière. Deux jours après l'avalanche, les animaux sauvages commençaient à reprendre leurs marques : des traces de pattes témoignaient de leur passage nocturne. La montagne jurassienne était riche d'une faune extrêmement variée, ce qu'auraient certainement pu remarquer les pensionnaires des Cinq Marmottes s'ils n'avaient pas été si préoccupés par leur confinement forcé dans cette jolie région.

La Marmottière s'affichait comme une paisible station familiale, à des années-lumière de l'effervescence d'un Morzine ou d'un Courchevel. « Une station pour tous les âges et toutes les envies, tenue par des habitants chaleureux qui seront ravis de vous accueillir selon la pure tradition jurassienne pour des vacances sereines. »

Tu parles de vacances sereines, se dit Fanny, amère, en se remémorant ce qu'indiquait le site internet du syndicat d'initiative qu'elle avait consulté avant de partir.

Si la soirée de la veille lui avait mis un peu de baume au cœur, elle n'avait pas suffi à la tranquilliser. Elle devait rentrer. Remplacer Nadia, veiller Jean-Noël. REN-TRER. Cela virait à l'obsession.

Depuis le décès de Sébastien, Fanny courait. Après les bus et les RER, après les réunions à l'école, les activités extrascolaires, les formalités, les lits à refaire, les soins aux pensionnaires des Tilleuls, les repas à servir, le chariot à remplir, les agios à éviter, les économies, les promotions. Le départ de Sébastien l'avait transformée en une paire de jambes et de bras en mode pilotage automatique. Fanny ne vivait pas, elle fonctionnait, comme une machine. Elle avait adopté à son insu la stratégie de la tête dans le guidon, une sorte de tactique de survie où le cerveau, enfoui sous des tonnes de tâches à accomplir, ne se préoccupait de rien d'autre que de commander au corps de mettre un pied devant l'autre. Tant qu'il est occupé, il ne s'appesantit pas sur la douleur de l'absence.

Or, piégé dans ce chalet jurassien où aucune action n'était requise, le cerveau de Fanny n'avait plus rien à se mettre sous la dent. Rien, hormis des souvenirs de Sébastien. Ce matin, la mémoire faisait des petites bulles.

Des petites bulles, comme celles qu'elle avait senties dans son ventre la première fois que Lilou avait bougé. Fanny avait annoncé à Sébastien qu'il serait bientôt père lors d'une escapade au Pouliguen. Elle lui avait offert un tee-shirt « Papa numéro 1 » face à la mer. Il avait été si heureux de cette nouvelle que, ce jour-là, il avait abordé chaque promeneur en leur disant : « Je vais être papa ! » dans toutes les langues grâce à l'entremise de Google trad.

Dans son portefeuille, Fanny avait rangé un cliché de Sébastien arborant fièrement son tee-shirt, à côté de touristes chinois ravis et un peu éberlués de prendre la pose avec ce garçon à l'énergie communicative.

Ils s'étaient promis qu'un jour, ils achèteraient une petite maison dans cet endroit qui avait été le théâtre de leur bonheur fou.

Dans le portefeuille de Fanny jaunissait une petite annonce découpée dans un journal local qui présentait une ancienne longère à restaurer. Ils avaient tiré des plans sur la comète, se voyant y passer leur retraite quand le moment serait venu, avec une colonie de petits-enfants, comme une boucle bouclée. Lui avait prévu de concocter des gâteaux – Sébastien était chef pâtissier –, et Fanny de leur apprendre à jardiner.

Pour s'entraîner, ils s'étaient rendus chez Truffaut, un samedi après-midi, avec Lilou qui dormait dans sa poussette, et ils avaient investi dans une jardinière, du terreau et trois pieds de tomates cerises. Dans le portefeuille de Fanny dormait une photographie de ce jour de plantation. On y voyait un Sébastien tout sourire, muni d'un râteau et d'une pelle gigantesque au regard de la petite jardinière. Il avait fait l'andouille, comme d'habitude. Et, derrière son objectif, elle avait ri, comme d'habitude. Puis, de fil en aiguille, ils avaient fait l'amour.

Fanny l'avait senti comme seules les femmes savent sentir ces choses-là : c'est ce jour-là qu'ils avaient conçu Tom.

Tom, donc, était né non pas dans un chou mais dans une tomate cerise.

Des trois pieds initiaux, un seul avait survécu. Ils l'avaient surnommé *Highlander*.

Lorsque la nouvelle du cancer de Sébastien était tombée, le pied de tomates survivant était devenu un symbole. Mieux, une prédiction à laquelle se raccrocher. Il était impensable qu'on puisse mourir à trente-deux ans.

La lourdeur des traitements n'avait pas entamé leur amour et leur complicité. Sébastien avait lutté jusqu'au dernier moment. L'espoir ne les avait lâchés qu'à la toute fin, quand il fut évident qu'il ne suffisait pas de s'aimer fort pour éliminer les métastases.

Le monde de Fanny s'était écroulé. Une partie d'elle-même était morte avec son mari. L'autre ne tenait que par des bouts de ficelle. Deux bouts pour être exact : Tom et Lilou.

Elle chassa ses pensées funestes par un coup de brosse sur ses cheveux fins et plats. Elle qui avait toujours rêvé d'une chevelure de sirène n'était dotée que de baguettes ternes et informes, des pointes sèches, des racines grasses. *Tout pour plaire*, ironisa-t-elle en comptant le nombre de ses cheveux restés sur les poils de la brosse synthétique.

Ce n'est pas comme si elle avait envie de plaire. Plaire était même le cadet de ses soucis. Pour plaire, il fallait avoir du temps et elle en manquait. Pour plaire, il fallait avoir de l'assurance et elle était née sans la moindre goutte de ce fluide. Pour plaire, il fallait en avoir envie et elle en avait autant envie que de se baigner dans une flaque d'huile. Pour plaire, enfin, il fallait avoir quelqu'un à séduire. Et mis à part ses amis et sa famille, tous les gens, depuis Sébastien, avaient viré au gris.

Fanny entama sa journée par un tour à la réception. Évidemment, elle n'était pas la seule devant le comptoir : Kate, Michèle, Franck et Romain, à qui elle adressa un signe de tête poli, étaient eux aussi descendus aux nouvelles des chasse-neige qu'on attendait comme le Messie.

Hélène ne cessait de répéter à ses clients qu'elle n'en savait pas plus qu'eux, que les chasse-neige monteraient quand ils monteraient, qu'il fallait prendre son mal en patience, que tout vient à point à qui sait attendre, qu'il fallait voir le bon côté des choses, qu'on avait de l'électricité, des vivres, une radio, que c'était bientôt Noël et que haut les cœurs.

— Avec Emma qui a un pain au four, vu comment ça gigote là-dedans, t'sé, y a de quoi manger ses bas…, déplora Kate.

— Quoi qu'il arrive, mon mari pourra vous venir en aide, tenta de la rassurer Michèle qui, par bonheur, savait traduire les expressions québécoises. Ne vous en faites pas trop.

— Vous êtes vraiment sûre qu'il n'y a pas un moyen de passer un coup de fil ? insista Romain sur un ton qui confinait à la prière.

— Certaine ! répliqua la propriétaire. Arrêtez de vous mettre martel en tête comme ça. Y a pas mort d'homme après tout.

— Y a pas *encore* mort d'homme, rectifia Romain à voix basse, assez fort toutefois pour que Fanny l'entende.

— Les voitures pourraient peut-être passer quand même, avec des chaînes, non ? essaya-t-elle.

— J'peux vous donner un coup de main pour vos chaînes, si vous voulez…, s'incrusta Franck en bombant le torse, ce qui lui donna l'air d'un héron.

— Eh ben, chuchota Kate à Fanny, i'vous chante la pomme comme pas possible, çui-là…

La porte s'ouvrit avec fracas sur la lourde silhouette de Lucien. Le silence tomba comme une grenouille sur une pizza. On n'osait plus revendiquer quoi que ce soit.

Le vieux gardien traversa l'assemblée en fusillant chacun du regard. Fanny déglutit. Le souvenir du vieillard qui faisait fonctionner le tire-fesses s'imposa à elle. Elle revit ses cheveux cimentés à son crâne, ses chicots pourris, sa façon de se tenir près de Lilou au moment de sa chute. Une salive épaisse s'amalgama au fond de son palais. Une image en amenant une autre, son esprit lui redonna à voir cette drôle de torche et cette drôle de barbe qu'elle avait surprises, juste après l'avalanche. Cette fois, une sueur glacée lui parcourut l'échine, des frissons coururent le long de ses bras. Si seulement les chasse-neige pouvaient enclencher la vitesse supérieure !

Des pas dans l'escalier détournèrent l'attention générale. On entendait siffler une mélodie. *Strangers in the Night* de Frank Sinatra.

Les regards convergèrent vers les marches. Des chaussures impeccables émergèrent bientôt, suivies d'un pantalon droit marron, d'un pull bordeaux côtelé et d'un visage épanoui. Pierre. Les lèvres de Michèle se parèrent d'un sourire transi.

L'ancien médecin salua l'ensemble des présents à la volée et se remit à siffler. Il saisit la main de sa femme et la fit tournoyer. Ils dansèrent ainsi au rythme de la mélodie une dizaine de secondes, heureux, l'un contre l'autre, seuls au monde, à la façon de deux meneurs d'une revue de Broadway, deux amoureux immortels d'un film hollywoodien. Des sourires se dessinèrent sur les visages.

Pas sur celui de Fanny. Tout cela la rendait bien perplexe : comment oublier que cet homme, la veille, lui avait servi la plus mauvaise des excuses après s'être fait prendre en flagrant délit avec la jeune serveuse. Il ne manquait pas d'air de s'afficher ainsi en public et de jouer la scène des amants parfaits ! *Culotté*, voilà le premier mot, le seul d'ailleurs, qui lui vint à l'esprit à cet instant.

Après quelques minutes, Kate indiqua qu'elle sortait. Fanny proposa de l'accompagner : elle aussi avait besoin de s'aérer. Prétextant une discussion de femme à femme, elles réussirent à décourager le commercial qui suggérait de se joindre à elles.

Les deux femmes bavardèrent à bâtons rompus, tout en escaladant le monticule de neige. Arrivées en haut, elles se déportèrent sur le côté et dépassèrent l'entrée de service.

— Faut dire ce qui y est, commenta Kate, c'est quand même rudement beau ici.

— Et c'est encore plus beau avec cette épaisseur de neige, confirma Fanny, d'un ton pensif.

— Ça donne une aura supplémentaire à la montagne. Et à moi, l'impression d'être la rescapée d'une catastrophe. C'pas désagréable. Ça fait sentir vivant, vous trouvez pas ?

Fanny accueillit le mot avec un hochement de tête.

Vivant, oui, c'est vrai, un peu.

— En fait, embraya la Canadienne, ça me rappelle quand j'étais une petite fille, là, avec des envies d'aventures plein la tête. Vous étiez quel genre de petite fille, vous ? Plutôt aventurière ou plutôt poule mouillée ?

— Devinez.

Fanny se laissa jauger, amusée par la verve sympathique de Kate. La Canadienne fit la grimace.

— Ça m'embête de vous le dire, mais j'crois que vous étiez plutôt poule mouillée. Un peu raide sur vos appuis, vous voyez ?

Fanny fit la moue.

— J'ai l'air si coincée que ça ?

— Oh, mille fois plus que ça.

On n'entendait rien d'autre que le bruit de leur pas dans la neige et le chant des oiseaux. Tout était calme et beau.

Après quelques minutes de marche, elles tombèrent sur un morceau de toit vermoulu. C'était un vieux cabanon en bois qui avait été partiellement recouvert par l'avalanche. Des chuchotis émanèrent de l'entrée, bouchée jusqu'à mi-hauteur. Mises en verve par leur nouvelle complicité, telles deux adolescentes sur le point d'assister à une scène interdite, elles se dissimulèrent derrière le tronc d'un sapin et s'accroupirent en dressant l'oreille.

Elles n'eurent pas à attendre longtemps.

Après quelques secondes de planque, elles aperçurent l'employé de l'épicerie-poste-bistrot qui s'extirpait non sans difficulté de la petite baraque. Le jeune homme plaqua ses cheveux d'un geste rapide et tendit le bras pour aider une autre personne à s'extraire de l'abri. Les deux femmes, dévorées par la curiosité, retinrent leur souffle et écarquillèrent les yeux. Une jeune fille fit son apparition. C'était Laurine.

Décidément…, pensa Fanny avec aigreur, avant d'ajouter, en son for intérieur : *Elle est rudement culottée, elle aussi…*

Ça commençait à faire beaucoup de culot pour un si petit patelin.

Fanny finit par se demander si La Marmottière n'hébergeait pas un rassemblement de culots. Peut-être que c'était un championnat au cours duquel chacun venait avec son culot. Comme un concours canin. Se tiendrait bientôt une délibération à l'issue de laquelle on élirait le plus culotté du monde. Il y aurait un podium, des médailles, des bouquets de fleurs, des larmes de bonheur, des discours sur les rêves qui se réalisent pour peu qu'on y croie, bref, du culot en veux-tu en voilà.

Tandis qu'elle se figurait la cérémonie, la scène se poursuivait : le jeune homme se pencha sur la serveuse et déposa un baiser sur ses lèvres. Celle-ci le repoussa vivement et lui envoya une gifle monumentale dont l'écho claqua sur toutes les montagnes du Jura.

Kate gloussa.

— C'est mal de niaiser, mais à mon avis, en v'là un qui reviendra pas à la charge.

Laurine se mit à galoper en direction de l'hôtel pendant que le jeune homme frottait sa joue endolorie, sous le regard captivé des deux planquées.

20

Les effluves du déjeuner embaumaient encore le restaurant des Cinq Marmottes. Le calme régnait au rez-de-chaussée. Pierre et Michèle lisaient, Kate et Emma bavardaient à voix basse, Romain scrutait le bout de ciel qui dépassait de la fenêtre et Franck s'obstinait à présenter son catalogue à Hélène.

— Écoutez, je ne doute pas que vos toilettes chinoises soient de qualité mais nous avons déjà tout ce qu'il nous faut…

— Japonaises, corrigea Franck. Et regardez, il y a un programme de fidélité, je propose de changer l'ensemble de votre équipement tous les vingt-quatre mois et non tous les trente-six comme c'est indiqué ici. Un neuf, contre un vieux. Une sorte de *leasing*.

— Une sorte de quoi ?

— De *leasing*… de location si vous voulez…

— Donc, je paye un WC qui ne m'appartiendra jamais ?

— Oui, enfin non, c'est la garantie d'avoir toujours le dernier modèle…

— … sans jamais l'avoir finalement. C'est astucieux, votre machin.

Hélène n'était pas peu fière de sa repartie. Son bagout, c'était un peu sa marque de fabrique. Valait mieux en avoir pour se faire entendre de tous ces loustics !

— Il y a aussi un système de parrainage, si vous préférez acquérir votre toilette, poursuivait l'indéboulonnable commercial. Cela vous permettrait de l'avoir pour un peu moins cher. Votre collègue du Chalet Bellevue a parrainé l'Auberge Rousse. Résultat, pas cinq, pas dix, mais trente pour cent de réduction. Rien que ça. Autrement dit, continua le commercial en pianotant sur la calculatrice de son téléphone, cela vous le ferait à…

Il haussa les sourcils et brandit l'écran devant la vieille femme. Pour toute réponse, Hélène soupira ostensiblement. Les épaules de Franck s'abaissèrent.

— Et le sèche-mains C8754 ? Non plus ? Alors notre distributeur de savon à infrarouge saura vous séduire. Il a été élu meilleur distributeur de savon 2025.

— Ah bon ? Parce qu'y a un concours de porte-savons ?

— Pas un concours. Une élection. Parmi un panel de consommateurs triés sur le volet, dans le monde entier.

— Parce que vous faites le monde entier, chez Bruve ? Je vous croyais spécialisés dans l'est de la France.

Pour illustrer son propos, elle referma le catalogue et désigna, au verso de la couverture, la phrase :

« Bruve, spécialiste des sanitaires dans l'est de la France. La proximité, notre priorité. »

Le commercial desserra le col de sa cravate. Hélène posait sur lui un regard amusé, se réjouissant de voir l'homme pédaler dans la choucroute. Le type était coriace mais Hélène l'était plus que lui.

— Oui, alors, techniquement, pas encore. Mais nous sommes en cours de déploiement.

— Vous fatiguez pas, va.

— Votre religion est faite, je crois..., lâcha-t-il après une pause.

Eh ben, c'est pas trop tôt...

— Vous comprenez vite mais faut vous expliquer longtemps.

Hélène éprouvait une joie enfantine à l'idée d'avoir gagné le combat. Une sorte de petit plaisir coupable, comme une tartelette au milieu de sa dernière analyse sanguine. Un petit début de diabète, d'après le docteur Mangin. Mais les toubibs, c'est comme Météo France : trois flocons et ils vous annoncent une tempête.

— C'est que je m'efforce de tenir mon rang. La direction a réservé un séjour tout inclus à Djerba pour le meilleur de ses vendeurs. Et j'ai l'honneur de vous annoncer que l'homme qui se tient devant vous est en passe de gagner le gros lot.

— Eh bah, mazette, ils sont pas simples à comprendre, chez Bruve. Vous pousser à refourguer des toilettes coréennes en échange d'un voyage en Tunisie... Remarquez, on n'est pas à une absurdité près. Tenez, moi, j'ai bien gagné un jambon en répondant à un questionnaire sur du café. Ça aurait quand même été plus logique de faire gagner une cafetière, vous trouvez pas ?

— Si, mais, entre nous, Hélène, c'est moins simple aujourd'hui que ça l'était avant, pour les commerciaux. Avant, on menait la belle vie, mais aujourd'hui, avec Internet, les fonds de pension veulent notre mort, hop, direct, le placard. C'est pour ça que j'ai besoin de faire mon chiffre. Parce que, là-haut (il désignait le lustre), ce ne sont pas des gentils. Et vous imaginez, si je devais me retrouver au chômage, à mon âge. Alors qu'il suffirait que je vende trois toilettes japonaises par semaine…

Allons bon, il tente de m'attendrir maintenant. Il a de la ressource, le bougre.

— Vous êtes têtu, vous…

— Si vous m'en preniez ne serait-ce qu'un seu…

— …

— Non ? Même pas un tout petit ? On fait aussi les abattants d'inspiration japonaise, plus pratiques, plus modulables et, surtout, plus économiques…

— Je n'ai vraiment pas besoin de renouveler mes toilettes. Mais je vous promets que si un jour ça se présentait, c'est à vous que je ferai appel.

Franck referma son catalogue, visiblement déçu. Puis il approcha sa chaise et abaissa le volume de sa voix :

— Dites, je me demandais, vous pourriez m'organiser un petit dîner aux chandelles ce soir ?

— Un dîner aux chandelles ? s'étonna-t-elle en prenant soin, elle aussi, d'adopter un volume à peine audible. Mais pour qui donc ?

— Eh bien, fit-il en entortillant ses index, vous savez… la petite Fanny qui loge dans la chambre 3… Je crois bien que… vous voyez, quoi… que je l'intéresse… Donc, je me disais qu'avec un dîner aux chandelles, on pourrait, elle et moi…

Conclure, ajouta mentalement Hélène. La vieille femme connaissait ses classiques.

Elle esquissa une moue dubitative. Ce représentant ne doutait vraiment de rien. Elle réfléchit une seconde.

— Vous savez, chez nous, lorsqu'un homme veut séduire une femme, il lui offre un edelweiss.

— Un edelweiss ? contesta Franck. Mais c'est une légende, votre truc. Comment voulez-vous que je trouve une fleur qui pousse tous les cent ans ? Pardonnez-moi, mais autant avaler un couscous avec une paille.

Elle haussa les épaules tout en s'efforçant de garder son sérieux.

— Justement, c'est pour ça que ça fonctionne. Croyez-en mon expérience, jeune homme, une femme ne résiste jamais à un edelweiss. Si vous en trouvez un, d'edelweiss, je vous l'offre, votre dîner aux chandelles, résuma-t-elle en lui décochant un clin d'œil. Et puis, l'avantage avec les avalanches, c'est que ça les réveille, les edelweiss. Vous voyez là, près des sapins ?

Elle esquissa un grand geste vers la fenêtre.

— Il y a un lac, là-haut. C'est toujours là qu'on les trouve, près du lac !

L'idée sembla faire son chemin derrière le front de l'Homo Dragus Erectus Sanitarus. Après une seconde de flottement, Franck bondit de sa chaise.

— Le devoir m'appelle. Ceux qui vont cueillir des edelweiss vous saluent !

Hélène le regarda s'éloigner, solennel, la démarche sûre et le front haut. Elle n'était pas loin d'entendre le chant de la 2e DB avec son clairon et sa grosse caisse. Elle ne put s'empêcher de sourire en observant le vendeur de toilettes vietnamiennes monter les marches quatre à quatre, pressé de partir à la chasse à la fleur. Hélène était fière de son coup. Sa blague constituait un joli écho à celle que Jean-Noël avait fait subir à cette pauvre Fanny. Un edelweiss, on n'était pas près de le revoir de sitôt, le représentant de commerce ! Voilà qui lui donnerait à réfléchir sur sa conception de la séduction féminine et lui apprendrait les bonnes manières.

Depuis sa jeunesse, Hélène cultivait un goût pour l'espièglerie. Elle était taquine, c'était plus fort qu'elle. La vie, pourtant, ne l'avait pas épargnée et, derrière sa bonne humeur affichée, se cachaient évidemment des épisodes douloureux. Mais elle considérait qu'à tout prendre, mieux valait sourire que de tirer la tronche.

Elle prit appui sur la table et se hissa lentement sur ses jambes raides et douloureuses. Une fois n'est pas coutume, Hélène constata qu'elle n'avait plus les articulations de ses vingt ans. Mais elle se résignait, voire, elle s'en réjouissait : les os coincés étaient le privilège du grand âge. Vieillir valait mieux que de ne pas vieillir. Vieillir, c'était être en vie et tout le monde n'avait pas cette chance.

Elle se tourna vers la cheminée et nota que le feu manquait de vigueur. Quand elle se pencha pour ajouter une bûche dans le foyer, une main vint se poser sur son bras.

— Je vais vous aider, proposa Emma.

C'était la jeune et sympathique Canadienne avec son ventre rond. La propriétaire de l'hôtel refusa gentiment.

— Oh, je ne suis que vieille. Mais vous, vous êtes enceinte. De nous deux, mieux vaut que ce soit moi qui sois cassée, votre bébé aura besoin de vous avoir en entier… À ce propos, c'est un garçon ou une fille ? À vue de nez, je dirais une petite fille.

— C'est une surprise, répondit la jeune femme. On a décidé de ne pas savoir…

Hélène amorça un mouvement vers le ventre de la jeune femme. Elle s'arrêta juste avant que ses doigts atteignent le tissu.

— Vous permettez ?

Emma opina du chef. Lorsque sa main se posa sur l'enfant à venir, Hélène remarqua l'humidité qui subitement ourlait les paupières de la future maman.

— Les hormones, s'excusa Emma.

À deux doigts de défaillir, la jeune femme prit une grande inspiration pour se donner du courage. Ce qu'elle s'apprêtait à faire était sans doute la chose la plus difficile de toute son existence. Réflexion faite, c'était la deuxième. La première avait été d'annoncer à sa mère qu'elle était tombée amoureuse de Kate. Amoureuse d'une femme. Elle se lança :

— Je...

— Oui ? fit la vieille femme, manifestement déroutée.

— J'aimerais vous parler... Pourrions-nous...

— Tom ! Lilou ! explosa tout à coup une voix au premier étage.

Fanny déboula dans le salon. Elle avait l'air affolé.

— Vous avez vu mes enfants ?

Tous considérèrent Fanny avec stupeur.

Non, personne n'avait vu ni le garçonnet ni la petite fille depuis la fin du déjeuner.

Et pour cause. Ils avaient disparu.

21

Ce fut le branle-bas de combat. On fouilla le moindre recoin, les lits furent déplacés, les couvertures soulevées. Tout l'hôtel fut mis sens dessus dessous. Personne ne ménagea ses efforts. Mais au bout d'une demi-heure, ils durent se rendre à l'évidence : les enfants ne se trouvaient pas dans l'enceinte des Cinq Marmottes.

Fanny était livide. Oscillant entre abattement et hystérie, animée par une énergie désespérée, elle retournait tout sur son passage, pleurait, mordait ses joues, ses lèvres. Son estomac n'était plus qu'un champ de bataille, les mots ne sortaient que par saccades ou ne sortaient pas.

Quelqu'un émit l'idée d'étendre les recherches à l'extérieur. Tous furent volontaires, y compris Emma que Kate pria cependant de rester au chaud : « J'ai pas le goût de te laisser aller là dehors. » Emma, pourtant, resta droite dans ses bottes : hors de question pour elle de regarder tourner les aiguilles de l'horloge alors que les enfants…

Sa phrase demeura suspendue. Fanny se ratatina. Dans le crâne de la mère aux abois carambolaient les suppositions les plus horribles.

Alors que les gamins... sont perdus quelque part, là dehors... pourraient se faire dévorer par les loups, quelques-uns ont été aperçus il y a peu aux abords des stations... sont dans la nature, dans le froid, seuls, à la merci de n'importe quel dingue...

N'importe quel dingue... n'importe quel dingue... avec tous ces vieux bonshommes bizarres ici... D'ailleurs, il est où, ce Lucien ?

Soudain prise d'une sorte d'illumination, elle aboya :

— Quelqu'un a vu l'agent de maintenance ?

Non, personne, c'est vrai maintenant qu'on y songeait, il était invisible depuis la fin du déjeuner. Même Hélène fut incapable de dire où il se trouvait. Fanny se liquéfia un peu plus, sa bouche tordue en une grimace douloureuse.

— Vous croyez que..., essaya-t-elle.

Hélène secoua vigoureusement la tête ; n'importe quoi, Lucien était certes un vieux solitaire un peu acariâtre sur les bords mais ça n'allait pas plus loin que ça. Elle enjoignit à chacun de reprendre ses esprits et de modérer ses accusations. Derrière eux, le sapin décoré détonnait dans cette ambiance survoltée par l'angoisse.

À cet instant, comme un fait exprès, le carillon de la porte d'entrée tinta. Massif, une pelle aux bords dentelés dans sa main large, Lucien surgit. Il traversa la salle d'un air lugubre sous les mines hébétées des vacanciers, maugréant contre cette satanée neige dont il commençait à avoir plein le dos.

Pierre prononça la question qui brûlait toutes les lèvres. On sentait qu'il prenait sur lui.

— Les enfants ont disparu. Vous ne les auriez pas rencontrés, par hasard ?

Lucien marqua une pause.

— Si, finit-il par annoncer, je les ai vus monter de l'autre côté, vers les sapins, là-haut.

— Quand ? s'écria Fanny, saisie de panique.

— Bof, qu'est-ce j'en sais, moi ? Une heure ou deux, ptêt un peu plus…

— Une heure ou deux et « ptêt un peu plus » ? s'insurgea-t-elle. Et vous ne leur avez pas dit de ne pas s'éloigner ?

Les épaules de Lucien semblèrent prendre de l'ampleur, ses pupilles s'assombrirent. Le vieil homme était vraiment gigantesque. Il se pencha sur Fanny et, d'une voix forte de commandant de bord prêt à balancer tout le monde par-dessus bord, rétorqua :

— Z'ont la tête dure, vos mioches…

Des spasmes nerveux agitèrent le corps de Fanny, assaillie de sanglots incontrôlables. Romain vint se placer près d'elle alors qu'Hélène s'approchait de Lucien pour lui susurrer quelques mots inaudibles. Personne ne sut ce qu'elle lui dit, mais on nota que le gardien avait grommelé.

Une battue s'organisa. Des groupes de deux et trois se formèrent selon la place que chacun occupait présentement dans le salon. Romain et Fanny arpenteraient donc la montagne ensemble.

— Ah, d'accord, je vois le genre…, ronchonna Franck à Michèle. Pendant qu'il y en a qui vont chanter la *dolce vita,* Bibi va se cailler les meules avec Mossieur cordialité.

— Plaît-il ? fit Lucien de toute sa hauteur, le manche de la pelle toujours arrimé à sa gigantesque paume.

Le commercial pâlit. Une seconde après, il s'éclaircit la gorge, se composa un sourire jusqu'aux oreilles et lança d'une voix légèrement tremblotante :

— Je disais à madame que j'étais sûr qu'on allait former une équipe des plus efficaces.

Avant de glisser en douce à Michèle :

— Plutôt se faire embarquer par la douane à cinq heures du matin. Franchement, vous n'êtes pas de mon avis ?

— Non mais, la barbe, à la fin ! Vous commencez à nous les briser menu avec votre petite vie pleine de trous ! s'emporta subitement la douce Michèle.

L'autre n'osa plus rien dire.

Hélène distribua des lampes torches au cas où les recherches devraient se prolonger dans la nuit, et des sifflets pour prévenir les autres au cas où on retrouverait les enfants.

— Au cas où on les retrouverait ? répéta Fanny, tremblante.

— Non, QUAND on les retrouvera ! rectifia Hélène en la regardant droit dans les yeux, une main sur son avant-bras.

Ainsi équipés, les groupes partirent ensemble pour se séparer à l'orée de la forêt de conifères. Des « Toooooom » et des « Lilouuuuuu » fusaient çà et là, entrecoupés par des « Les enfaaaannnnts » et des « Hééééé hooooo ». Ces cris, portés par la formidable résonance de la montagne, semblaient se répondre comme dans une mauvaise blague. Personne ne songeait plus au réveillon de Noël qu'on passerait sûrement coincés à La Marmottière. Rien ne comptait d'autre que de retrouver les enfants sains et saufs.

22

Romain et Fanny grimpaient depuis plus d'une heure. Les cuisses commençaient à tirer, les mollets à se faire lourds. Mais il était hors de question de cesser les recherches. Fanny parlait peu. Elle n'en avait pas la force. Le visage fermé, les yeux durs et rougis sous son bonnet, elle avançait aussi rapidement que le lui permettait l'épaisse couche de neige. De temps en temps, elle chancelait en raison d'un rocher qu'elle n'avait pas anticipé, d'une crevasse qu'elle n'avait pas perçue. Elle glissait, tombait ou vacillait, et des larmes chaudes – des larmes de peur et d'épuisement – lézardaient ses joues. La mort de Sébastien lui avait coupé les ailes. Elle s'était imaginé que rien de pire ne pourrait survenir. Elle s'était trompée. Sa vie venait de virer au cauchemar.

Bouleversé par la douleur de Fanny, Romain essayait de se rendre utile. Patiemment, il la soulevait quand elle perdait l'équilibre, il la maintenait debout, il la soutenait. Il tentait de la tranquilliser, à grand renfort de paroles rassurantes.

Il voulait se sentir utile et prouver à cette jeune femme qu'il était là. Il nourrissait l'espoir que sa présence lui offrirait un minuscule réconfort.

L'après-midi touchait à sa fin, le soleil déclinait, le froid cinglant pinçait le jeune homme à travers le tissu de ses vêtements. Lui qui prévoyait à l'origine de ne rester à la station qu'une seule nuit ne s'était pas encombré d'habits très chauds. Aussi ne portait-il ni bonnet ni gants, rien qui aurait pu faire barrage entre l'air glacial et sa peau. Il grelottait. L'idée de se plaindre ne l'effleurait pas. La température n'était qu'un détail au regard des circonstances.

Au bout de deux heures de marche, les contours d'une immense bâtisse se dressèrent devant eux. C'était une vieille grange dont le toit s'était effondré par endroits. La neige, comme cimentée au faîte, donnait au lieu des allures de palais abandonné. Des stalactites pendaient à la gouttière, des fissures couraient le long des murs. Ces derniers, plus vraiment droits, menaçaient de s'écrouler. Un bâtiment sombre, désert, lugubre. Pas franchement engageant. Fanny et Romain entreprirent d'en faire le tour. Ils progressaient lentement, explorant la façade.

Quand, tout à coup, filtrée par les contours de ce qui s'apparentait à une porte, une lumière tremblotante attira leur attention.

— Il y a quelqu'un à l'intérieur ! s'écria Fanny en se précipitant.

Elle tambourina, poussant et tirant sur la porte avec une force inouïe décuplée par la panique. Très vite, la porte céda et s'ouvrit toute grande dans un grincement macabre. La jeune femme retint son souffle. Puis respira, la poitrine allégée, détendue.

Tom et Lilou étaient là, assis à une table disposée au centre de la grange. Une lampe à pétrole éclairait la pièce qui baignait dans une lumière spectrale. Des ombres gesticulaient sur les murs et zébraient la figure des enfants.

— Maman ! s'exclamèrent-ils en chœur dès qu'ils la virent.

Ils bondirent vers elle, elle courut à eux. Ils s'étreignirent en pleurant à chaudes larmes. L'angoisse, de part et d'autre, s'échappait par litres entiers.

Fanny ne se rendit pas compte tout de suite de la présence des hommes, restés en retrait. Quand elle s'aperçut que deux silhouettes se détachaient dans un coin de la pièce, elle amorça un mouvement de recul instinctif, ses enfants au creux des bras. L'un des deux hommes s'approcha de la lampe. La lumière vacillante dansait sur ses maxillaires carrés et louvoyait entre les poils d'une barbe épaisse. Son nez épaté, plus large encore dans cette pénombre, s'écrasait jusque sous ses gros yeux où se dandinait le reflet, grossi, de la flamme de la lampe. Ses pupilles flamboyaient au milieu de ses rides aussi profondes que des crevasses. L'homme laissa échapper un grognement qui se répercuta des murs délabrés de la grange jusqu'au ventre de Fanny.

— C'est vous, la mère ? prononça-t-il d'une voix aux allures de grosse caisse.

Ses enfants fermement tenus contre elle, Fanny ne moufta pas. Une sueur glacée coula le long de son dos. Elle était pétrifiée. Le gaillard, qui ne cherchait pas à amorcer un dialogue, poursuivit sur un ton qui ne souffrait aucune contestation :

— C'est dangereux pour des moutards de rester seuls dans la montagne…

L'autre silhouette, dont à cette distance on ne pouvait deviner que l'aspect général, gigota et répéta les paroles du précédent :

— Très dangereux…

— Les rennes ont les jetons, ils sont discrets, reprit le vieux barbu à la mine patibulaire et à l'œil torve, ils sortiront pas si y a trop de bruit.

Fanny secoua la tête en signe d'incompréhension. Le tsunami émotionnel qu'elle venait de traverser ne l'aidait pas à réfléchir. Que racontait ce bonhomme ? Quel était le rapport avec les rennes ? Puis les mots commencèrent doucement à faire sens. Elle avisa Lilou qui se mordait les lèvres. Elle ouvrit la bouche, se prépara à répondre un « oui » gêné quand une lumière jaune l'aveugla.

Lilou se récria, Tom se couvrit les yeux, l'un des vieux lâcha un soupir exaspéré et Fanny plissa les paupières.

Resté en retrait, Romain avait appuyé sur l'interrupteur. Trois ampoules pendues au plafond éclaboussaient la pièce d'une clarté citron en grésillant.

— C'est mieux comme ça, observa-t-il. Non ?

— Non, objecta l'un des deux hommes, c'est pas…

Un claquement stoppa net la protestation. Une à une les ampoules s'éteignirent, plongeant de nouveau la pièce dans la lueur frémissante de la lampe à pétrole.

— Le générateur, expliqua le plus grand des deux hommes, i'tient pas.

Une minute d'éclairage avait suffi à la jeune femme pour réaliser que les deux hommes avaient largement dépassé les quatre-vingts ans.

Des vieux, se dit Fanny. *On n'en finira jamais…*

Et pour reconnaître l'un d'entre eux.

Le type du tire-fesses… pourquoi est-il encore là ?

Un halo ocre apparut, la voix de Romain résonna.

— Ah, on voit mieux avec la torche !

Romain avait prononcé cette phrase sur un ton jovial. En réalité, il se tenait sur le qui-vive. Ces types, il ne les sentait pas. Il saurait mieux parer les coups avec la lampe allumée. De même, on aurait besoin d'y voir clair pour s'échapper en vitesse. Mais il se sentait prêt à en découdre, si nécessaire. Prêt à défendre Tom et Lilou. Et Fanny aussi.

Fanny, elle, avait levé les yeux. Machinalement. Elle ne cherchait rien de spécial, d'ailleurs elle aurait pu regarder à gauche, ou à droite. Non, il avait fallu que son regard se dirige vers une des poutres et que la lumière de la torche éclaire, pile à cet instant, la banderole qui y était accrochée.

À ce moment-là, un sifflement strident traversa l'atmosphère. Pour Romain, il était temps de battre en retraite.

23

Franck et Lucien gravissaient la montagne dans un silence de mort. Ou presque. Le représentant avait bien essayé d'engager la conversation à plusieurs reprises, mais ses tentatives s'étaient systématiquement soldées par un échec cuisant.

Lucien avait un boulot, il le faisait, on ne le payait pas pour être sympathique. Aussi, il ne se forçait pas. D'ailleurs, il ne se forçait jamais. Prendre des pincettes et se faire violence n'étaient pas dans sa nature. Et ce n'était pas à plus de quatre-vingts balais qu'on allait lui apprendre à se comporter. Ceux à qui ça ne convenait pas pouvaient aller se vautrer dans les talus, ça lui en touchait une sans faire bouger l'autre. Franchement, entre le sapin de Noël et la balade, il commençait à en avoir ras la chéchia de ces mioches. Voilà-t-y pas que, maintenant, il se retrouvait avec le vendeur de chiottes capables soi-disant de vous sécher le trou de balle en y mettant des giclées de déodorant. Fallait vraiment être tordu pour inventer un truc pareil. À moins que ce soit celui de la dernière fois qui vendait ça ? Non, l'autre était venu vendre des aspirateurs qu'aspiraient tout seul sauf les coins, encore un beau truc de débile. Lucien s'y perdait. Avec leur costume de pingouin et leur bec enfariné, ils se ressemblaient tous, les représentants.

De son côté, lassé de causer à un mur, Franck avait fini par abdiquer. *Foutu plouc taiseux*, bougonnait-il en son for intérieur. *Ils ont dû déguiser un ours, c'est pas possible autrement.* Il se contentait d'avancer au même rythme que le vieil homme taciturne.

Franck avait beau plastronner, à l'instar de tous les autres, la présence de Lucien ne le mettait pas très à l'aise. Face à son dos large comme un rocher et à sa force surhumaine, à sa voix rare mais tonitruante, Franck ne faisait pas le malin. Sans compter qu'avec cette pénombre et ces arbres tout autour, l'homme paraissait encore plus menaçant. Était-ce dû à cette lueur tranchante au fond de son regard ? à ses paluches habituées au travail manuel qui se contractaient en des poings qu'on n'aurait pas eu envie de se prendre dans la figure ? à sa manière de souffler comme s'il s'apprêtait à charger et à vous rentrer dans le lard ?

Franck désespérait de sa malchance : il se savait poissard, mais pas à ce point : quel manque de bol il avait eu de se retrouver en binôme avec cette brute épaisse, quand il aurait pu être en compagnie de la charmante Fanny ! À l'heure qu'il était, la jeune femme avait certainement besoin d'un peu de tendresse, de réconfort, d'un homme fort et rassurant. Pas d'un avorton en jean et sweat à capuche coiffé comme un 1er janvier avec un plombier de jeux vidéo tatoué sur le poignet. Ce Robert/Romeo/Romano avait l'élégance d'une cuisse de canard dans un cassoulet. D'accord, il était jeune, mais la jeunesse ne remplaçait pas la maturité et une femme avait besoin d'un homme fiable, avec une situation, sur qui se repos…

Une stridulation perçante transperça le silence et vrilla ses tympans. Les deux hommes s'immobilisèrent. Franck se massa l'oreille en grimaçant tandis que Lucien arquait un sourcil.

— C'est eux qui ont sifflé ? hasarda Franck sans trop y croire.

— Ou alors c'est un lynx qui a décidé de jouer de la flûte…

Ha ha ha, l'ours fait de l'humour, persifla en silence le commercial.

Mais le vieil homme ne cilla pas. Pas l'ombre d'un sourire. Constatant que Lucien ne se départait pas de son sérieux, Franck réalisa avec horreur que son compagnon de route ne blaguait peut-être qu'à moitié. Il se figea et bredouilla :

— Y a pas de lynx par ici, si ?

— Plein…

— Plein ?

— PLEIN ! répéta Lucien en haussant le ton.

— Mais les lynx sont inoffensifs, n'est-ce pas ? Ils ne mangent pas les humains ?

— I'bouffent ce qu'i trouvent. Et en ce moment, i'trouvent pas grand-chose…

— On devrait peut-être rejoindre ceux qui ont sifflé, non ? suggéra Franck, épouvanté et pressé de rallier le reste de l'équipée.

Il comptait en effet sur la loi des probabilités. Plus ils seraient nombreux, moins il y aurait de chances qu'un lynx décide de le dévorer en premier. C'était mathématique. Sans répondre, le vieil homme se mit à rebrousser chemin.

— Excusez-moi, s'étonna Franck en lui courant après et en pointant son index dans le sens opposé, mais il me semble que le sifflement provenait plutôt de cette direction-là.

— Je rentre !

— Comment ça, vous rentrez ? Vous n'allez pas les rejoindre ?

Lucien se retourna prestement et approcha son museau tout près de celui du vendeur.

— Moi, les gosses, j'aime pas ça. Ils les ont retrouvés, tant mieux. Alors, moi, je rentre !

— Mais moi, je fais quoi ?

— Hôtel. Ou lynx. Au choix.

Le vent souffla et s'engouffra dans les branches des sapins. Quand l'une d'elles vint effleurer par inadvertance le manteau de Franck, celui-ci bondit instantanément en criant.

Cette fois, la figure de Lucien se plissa en un rictus muet.

— Je vous accompagne, bégaya Franck, persuadé qu'un lynx n'oserait jamais s'attaquer à une bête telle que cet homme.

24

Deux minutes à peine après que Romain a sifflé, des pas crissèrent sur la neige. Pierre et Michèle arrivèrent devant la grange.

— On ne va pas entrer..., supplia Pierre à voix basse.

Son épouse fronça les sourcils.

— Bien sûr que si ! fit-elle en pénétrant à l'intérieur.

Le faisceau de sa torche vint immédiatement croiser celui de Romain. Les deux projecteurs, ainsi braqués sur la bannière, éclairèrent parfaitement chacune des lettres qui y étaient inscrites.

« Cinquante ans d'amour ! Bon anniversaire, ma douce ! »

Michèle porta sa main à ses lèvres. Interdite, elle passait de son mari à la banderole, de la banderole à son mari.

Et puis, ça lui revint : cinquante ans. Dans deux jours, cela ferait exactement cinquante ans qu'elle et son époux s'étaient rencontrés. Ils étaient alors adolescents, elle avait seize ans et lui dix-huit. C'était un 24 décembre, il y avait de la neige, la nuit avait déjà jeté ses tentacules sur la rue de Rivoli, à Paris. Michèle venait de dépenser ses dernières économies pour acheter une boîte de chocolats à sa petite sœur ; Pierre s'était fait virer deux heures avant de l'atelier de menuiserie où il était apprenti et battait le pavé en attendant de trouver le courage de rentrer chez lui et de l'annoncer à son père. Elle courait à perdre haleine, pressée, on l'attendait pour réveillonner ; il déambulait, les mains au fond de ses poches. Sur la chaussée, près de voitures qui roulaient à vive allure luisait une plaque de verglas. Les décorations de Noël y chatoyaient. Elle descendit du trottoir, posa le pied droit sur la route. Le gauche – côté cœur, était-ce un signe ? – atterrit sur la lame de glace. Michèle chancela. Un bus arrivait. Le conducteur ne l'avait pas vue. Le choc était imminent. *In extremis*, une main saisit le manteau de la jeune fille et la tira en arrière. Le bus klaxonna en freinant, la jeune fille crut mourir. Elle reprit son souffle, se tourna vers le propriétaire de la main qui avait été si bien avisée. Le propriétaire de cette main qui lui avait sauvé la vie. Elle le remercia timidement, encore toute tourneboulée. Il lui répondit un vague « de rien », nonchalant, comme on répond à cet âge. Et ils ne se quittèrent plus.

— Il y en a d'autres, annonça Tom, fier.

L'enfant s'empara de la torche de Romain et s'amusa à éclairer l'ensemble des messages et des dessins qui ornaient les murs et qui, chacun, représentait un pan de leur histoire.

— Mon Dieu, réussit à articuler Michèle, l'âme gorgée d'amour et de reconnaissance envers celui qu'elle chérissait depuis un demi-siècle.

À cet instant, Laurine, Kate et Emma surgirent dans la cabanc.

— On a entendu siffler, ahana Emma en se tenant le ventre. C'est bon, vous les avez retrouvés ?

— Merde alors ! Du coup, c'est fichu pour la surprise…, nota Laurine.

Pierre écarta les bras en signe d'impuissance tandis que Michèle le regardait sans comprendre. Il se justifia :

— Elle était ma complice. Elle m'a aidé à tout mettre en place.

Fanny s'était fourvoyée sur toute la ligne. Pierre était loin d'être le coureur de jupons qu'elle s'était figuré. Comment avait-elle pu se tromper à ce point ? Elle se sentit soudain terriblement honteuse d'avoir prêté à cet homme amoureux des intentions si malhonnêtes. Elle baissa la tête.

Brusquement, le vieillard barbu qu'on avait presque oublié tant l'émotion était à son paroxysme tapa du poing sur la table. Un poing gros comme un jambon. Tout le monde se figea.

— Faudrait voir à y aller maintenant, c'est pas le Club Med, ici !

Adultes et enfants obtempérèrent *illico*, tant il était inenvisageable de contrarier ces montagnards. Seule Laurine s'enhardit en articulant un « Oh, il pourrait pas plutôt aller se faire le cul, lui ?! » bien sonore.

— Et, vous, les gosses, ajouta l'homme en toisant Tom et Lilou de toute sa hauteur avant qu'ils sortent, faut pas chercher les caribous.

Apeurés, les enfants se blottirent contre leur mère qui n'en menait pas plus large qu'eux. Romain posa ses bras sur les épaules des deux gamins.

— Allons-nous-en, il est tard.

Tout ce petit monde redescendit comme il était monté. Laurine, Kate et Emma avançaient devant, à la même allure que Michèle et Pierre, qui gardait un œil sur la femme enceinte. Fanny, quant à elle, calait son pas sur celui de ses enfants. Trop heureuse de les avoir retrouvés, elle était déterminée à les garder dans son champ de vision jusqu'à la fin des temps. Elle se sentait légère et invincible. Quel soulagement de les avoir retrouvés sains et saufs ! Romain, lui, restait au côté de Fanny. Et la présence du jeune homme ajoutait étonnamment à son bonheur.

La neige chantonnait sous les semelles, les lumières des torches valsaient sur les sapins. On ne parlait qu'à voix basse – ce paysage nocturne de montagne imposait le respect et donnait à chacun des velléités de recueillement.

Au bout d'un moment, Emma montra quelques signes de fatigue. Une pause s'improvisa près du lac gelé qu'entouraient des arbres vénérables. C'est là que Fanny demanda des explications à ses enfants.

— Mais enfin, qu'est-ce qui vous a pris de partir tout seuls ?

Les mains croisées devant lui, Tom, raide comme la justice, décocha une œillade à sa grande sœur. Lilou paraissait embarrassée ; elle gardait les yeux rivés à ses chaussures, comme si la réponse se trouvait quelque part entre les lacets et la languette.

— C'est ma faute, entama-t-elle en se frottant le nez. J'ai voulu…

— Non, Maman, c'était pas elle, c'était pour me faire plaisir, glapit Tom.

— Oui, mais c'est moi la plus grande, le reprit-elle avec son air de grande-sœur-qui-sait-des-trucs, je n'aurais jamais dû !

— J'avais qu'à pas te suivre !

— Non mais…

— Oui, parce que…

Les arguments volaient d'une bouche à l'autre. Fanny attendait, sceptique. En dépit de toute la joie qu'elle éprouvait, elle avait besoin de comprendre quelle idée folle avait été à l'initiative d'une balade aussi risquée. L'épilogue avait été heureux, mais il aurait pu en être tout autrement. À l'évocation de la malchance qui aurait pu s'abattre sur ses enfants, le dos de Fanny frissonna de la même sueur glacée qui avait glissé entre ses omoplates un peu plus tôt dans la grange, face à ces deux hommes louches. Aussi devait-elle marquer le coup afin de leur faire passer l'envie de recommencer. C'était son rôle.

Elle s'adressa à son aînée :

— Lilou, dis-moi ce qu'il s'est réellement passé. Et ne me mens pas.

Lilou souffla et gratta le sol du bout de son *moon boot* gauche. Un nuage de vapeur s'échappa de sa bouche.

— Tom était triste hier, à cause de Papa, tu te rappelles ?

Fanny acquiesça et l'invita à continuer.

— J'ai cru que, s'il voyait un cari… enfin un renne, tu vois, eh ben, il serait content…

Fanny ne sut que répondre. Elle savait ses enfants proches l'un de l'autre. Mais aujourd'hui, sans doute à cause de la tornade émotionnelle des dernières heures, cette complicité la touchait au cœur. *Quoi qu'il se passe dans leur vie*, songea-t-elle, *ils pourront toujours compter l'un sur l'autre.* Cette constatation la rendait terriblement fière. Là où il se trouvait, Sébastien aussi devait se réjouir de ce lien si fort que leurs enfants avaient su créer.

Tu vois, lui dit-elle dans le silence de son cœur, *on a réussi ça.*

— T'es pas fâchée ? demanda la voix fluette de Tom, éraillée par la peur de se faire gronder.

— Bien sûr que si, je suis en colère. Je suis même très en colère, enchérit Fanny en surjouant un peu pour chasser le trouble qui menaçait de déborder de ses paupières. Vous réalisez que ça aurait pu être très grave !

— Tu vas nous punir ? s'inquiéta Lilou.

— Évidemment !

— Vous permettez ? intervint subitement Romain en entraînant Fanny à l'écart.

L'aide-soignante se laissa embarquer sans montrer la moindre résistance. Après une telle soirée, l'énergie lui manquait.

— Vous ne devriez pas être trop dure avec eux, conseilla le jeune homme quand ils furent assez loin pour ne pas risquer d'être entendus.

— J'essaie d'être juste, contesta Fanny. Ils doivent comprendre que ce qu'ils ont fait aurait pu avoir des conséquences désastreuses.

Romain considéra les enfants. À trois mètres de là, Lilou et son petit frère se tenaient blottis l'un contre l'autre, le bras de la fillette enlaçant les épaules du garçonnet.

— Je crois qu'ils ont eu assez peur et que ça leur aura servi de leçon.

Fanny avisa à son tour sa progéniture.

— Vous avez peut-être raison, admit-elle. Vous avez des enfants ?

— Non…

— Pas le temps ?

— Je vous demande pardon ?

— Excusez-moi, c'était idiot…

— Disons qu'on a tous le droit d'être idiot une fois par jour…

— Juste une fois ? C'est assez peu.

— C'est vrai, convint-il. Surtout que vous venez d'épuiser votre quota. Vous devriez retourner les voir et les rassurer sur vos intentions. Ils ont l'air d'être inquiet du sort que vous leur réservez.

Fanny baissa la tête et esquissa un léger sourire. Elle amorça un mouvement dans la direction des deux enfants, se ravisa, posa sa main sur la manche de Romain.

— Merci d'avoir été là, articula-t-elle. Sans vous, je serais sûrement devenue dingue.

Il leva un doigt et le secoua lentement.

— Ttttt tttt tttt, fit-il, vous venez de dépasser votre quota de la journée. Attention, votre solde d'idioties quotidien est maintenant débiteur. Allez, venez, ils vous attendent...

Elle le suivit, la poitrine gonflée d'une nouvelle chaleur bienfaisante.

Est-ce à cet instant qu'elle prit conscience qu'il était congelé ? que ses lèvres avaient bleui sous l'action du froid ? que ses doigts blancs tremblotaient ? que rien, dans ses vêtements, n'était adapté à de telles conditions climatiques ? Oui, c'est bien à cet instant qu'elle réalisa qu'avant, elle n'avait rien vu. Rien vu du tout.

*

Pendant ce temps, à quelques kilomètres de là, deux hommes somnolaient devant un téléviseur, avachis sur le canapé à moitié éventré de la petite pièce où régnait une odeur de brûlé. Quand débarqua un troisième larron.

Lucien.

— Faudrait voir à faire quelque chose pour l'autre folle, lança-t-il sans préambule. Soi-disant qu'elle arrête pas d'appeler. Ils savent plus quoi lui dire en bas !

L'un des deux autres ouvrit une moitié de paupière et répliqua :

— Ils ont qu'à arrêter de répondre…

Là-dessus, l'homme sortit de sa poche un petit couteau suisse et entreprit de se curer les dents avec la lame pendant que le générique sonnait la fin du feuilleton à la télé.

— T'en as de bonnes ! Et comment qu'on fait, pour plus lui répondre ? Jamais vu une dinde pareille ! À croire qu'elle a perdu son gosse !

Il attrapa un verre Duralex qui traînait sur la table, le retourna, y lut le numéro 18, se versa une bonne dose d'absinthe, but d'un trait et reposa son verre en lâchant un soupir de satisfaction.

L'autre émettait des bruits avec sa bouche. Il mettait tellement d'énergie à fouiller sa molaire avec son canif que c'était à se demander s'il n'y cherchait pas un trésor. Après plusieurs longues minutes d'excavation, il déposa le couteau, éteignit la télévision d'un coup de télécommande et soupira d'un air pensif :

— Faut espérer qu'elle fasse pas tout rater…

Jusqu'alors muet, le dernier type se leva en prenant appui sur l'accoudoir. Il s'étira bruyamment et ricana en se grattant le ventre.

— Je sais pas où il a été la dénicher, celle-là, mais il est tombé sur une sacrée mégère. Et moi, bah, je peux pas me les piffrer, les mégères.

25

Les enfants dormaient à poings fermés. De légers ronflements émanaient de sous les couvertures. Tom toussotait, Lilou éternuait. Entre les émotions et l'escapade nocturne sous des températures glaciales, ils avaient attrapé froid. Mais enfin, ils étaient là et c'était tout ce qui comptait.

Fanny s'était enfermée dans la salle de bains. Elle se tenait assise sur le rebord de la baignoire. Encore tourneboulée, elle n'était pas parvenue à trouver le sommeil et avait choisi de mettre ce temps à profit pour finaliser le gilet de sa fille. Chaque morceau était terminé, il ne lui restait plus qu'à les assembler.

Après une bonne heure de travail, le gilet fut fin prêt. Fanny l'étendit devant elle : le résultat était à la hauteur de ses espérances, Lilou allait être comblée. Fanny avait hâte de lui offrir son cadeau.

Sa montre affichait un peu plus de deux heures du matin. Fanny bâilla. Elle se massa les tempes une seconde, étira ses épaules en arrière, fit rouler sa nuque sur ses épaules et écarta ses doigts trois fois de suite avant de saisir les aiguilles adéquates.

Une autre tâche l'attendait maintenant. Un présent en forme de remerciement. Cette idée l'avait traversée un peu plus tôt alors qu'ils se trouvaient près du lac gelé, sur la montagne. Quand elle s'était rendu compte à quel point Romain mourait de froid, elle avait décidé de lui tricoter un bonnet et de le lui offrir. Elle tentait de se convaincre qu'après toute l'attention qu'il leur avait témoignée, lui faire un petit cadeau était bien la moindre des choses. Après tout, on offrait bien un savon à la voisine qui avait nourri le chat en notre absence, une bouteille de vin à l'oncle qui avait aidé pour le déménagement, un chèque-cadeau Sephora à la baby-sitter qui avait accepté de retarder sa soirée pour s'occuper du bébé un peu plus longtemps que prévu. Ça se faisait, de remercier les gens quand ils nous rendaient service…

Quoi que, là, c'était un peu différent : ce que Fanny ne s'avouait qu'à demi, voire qu'à un quart, c'est qu'elle n'avait pas *apprécié* que Romain ait froid. De la même façon qu'elle n'aurait pas aimé que quiconque ait froid.

Je n'aime pas voir les gens frigorifiés. C'est de l'empathie. Voilà. De l'empathie. Ni plus ni moins…

En réalité, le voir grelotter l'avait profondément émue. Il était fragile, il pouvait tomber malade, par sa faute à elle en plus…

Bref, elle avait éprouvé l'envie de… le protéger. Elle voulait qu'il soit bien. Alors, elle avait réfléchi, et un bonnet à revers lui avait semblé être la meilleure option, d'autant plus qu'il lui restait de la laine du gilet de Lilou et du pull à caribou de Tom dans le sac qu'elle emportait toujours avec elle. Le bonnet ne serait certainement pas à la dernière mode, mais il aurait au moins l'avantage de lui tenir chaud.

À quatre heures du matin, les yeux embués par la fatigue, la nuque et les épaules percluses de douleurs, elle décida que le moment était venu d'aller au lit. Elle rangea soigneusement son nécessaire à tricot, rembobina un bon mètre de fil autour de la pelote, se hissa sur ses jambes, croisa son reflet dans le miroir, se trouva presque jolie pour la première fois depuis une éternité, sortit de la pièce, appuya doucement sur l'interrupteur de la lumière pour ne pas faire de bruit et progressa à tâtons jusqu'à sa valise ouverte sur laquelle elle déposa finalement son nécessaire à tricot. Éclairée seulement par le clair de lune, elle s'approcha à pas de loup du lit de Lilou, la borda en l'embrassant, fit de même avec Tom et se coucha à son tour, exténuée mais heureuse.

À mille lieues de s'imaginer ce qui allait découler de son petit cadeau qui ne payait pourtant pas de mine, elle s'endormit.

26

Trois jours après l'avalanche, toujours aucun chasse-neige n'était à l'horizon. En ce 23 décembre, chacun se faisait une raison : sauf miracle, la veillée de Noël aurait lieu à La Marmottière.

Tous les matins, dès le réveil, Monsieur Sécu déboulait dans l'escalier, suivi de Michèle, forcée de descendre elle aussi au pas de course. Et tous les matins, le yorkshire entravé par sa collerette valdinguait allègrement d'une marche à l'autre en poussant des couinements. Ce n'était pas tant de douleur qu'il gémissait que contre la force toute-puissante du perpétuel recommencement. D'ailleurs, si Monsieur Sécu avait pu parler, il aurait clamé que l'immuable est un concept qui commençait franchement à lui sortir par les trous de la truffe.

Tous les matins, donc, il atterrissait au bas de l'escalier les quatre fers en l'air, ses petites pattes battant une mesure imaginaire. Ce qui était dingue, avec Monsieur Sécu, c'est qu'il avait la constance de la tartine beurrée : il tombait toujours du mauvais côté.

Ce matin-là n'échappa pas à la règle. Monsieur Sécu s'élança du premier étage, tomba, roula, rebondit et, bien sûr, s'écrasa. Naturellement, Michèle courut à son secours, le dorlota une seconde et, dans un tintamarre de carillon, lui ouvrit la porte d'entrée sur laquelle il grattait déjà avec toute la vigueur que commandait une envie pressante. Tout cela se déroula, comme d'habitude, sous les yeux d'Hélène qui astiquait en chantonnant les crochets en laiton qui servaient à suspendre les clés. Parce qu'Hélène aimait chanter.

Depuis l'avalanche, la façade de l'hôtel était ceinte par une sorte de rempart neigeux de près d'un mètre de haut que Lucien s'efforçait de réduire à grandes pelletées. Mais le chantier était vaste et, bien que Romain l'eût aidé la veille, on était toujours obligé de s'armer de mollets vaillants pour varapper et sortir du bâtiment.

Michèle attrapa donc Monsieur Sécu avant qu'il puisse lever la patte et monta le quasi-mètre qui les séparait de l'horizon. Arrivée en haut, elle déposa le chien sur le sol et le laissa vadrouiller à sa guise tandis qu'elle amorçait une série d'étirements, mouvements de gymnastique douce et autres ébauches de qi gong. Puis, sentant que son esprit et son corps étaient en phase, elle contempla avec satisfaction le paysage magnifique que lui offrait la montagne jurassienne éclaboussée de soleil. Elle songea qu'on était bien, là, et que son époux était un sacré farceur. Et que c'était fou de réaliser que cinquante années étaient passées à la vitesse d'une comète.

À cet instant, elle perçut des aboiements étouffés. Elle tourna la tête à la recherche du chien. Elle finit par distinguer deux pattes frétillant dans la neige. Le petit terrier s'était encore coincé le cou dans un talus.

Pauvre Monsieur Sécu, déplora intérieurement Michèle qui craignait que l'animal finisse par se blesser.

Elle se précipita pour le dégager. Le museau tout blanc, le petit chien émit un grognement horripilé, secoua sa tête avec frénésie, et, la queue haute, repartit en vadrouille aussitôt.

Cette fois, elle le talonna sans le perdre de vue. Elle ne voulait pas risquer qu'il se fasse mal.

La motoneige était garée à l'arrière de l'hôtel. Trois cartons attachés par un cordon élastique en recouvraient la remorque. L'employé de l'épicerie-poste-bistrot se tenait appuyé contre son engin quand la porte de service s'ouvrit en grand.

Laurine émit un cri perçant, courut vers le jeune homme, sauta dans ses bras. Il vacilla et se rattrapa au véhicule. Puis il se laissa embrasser avec une avidité telle qu'elle fit aboyer Monsieur Sécu et rougir Michèle, elle qui n'était pourtant pas née de la dernière pluie.

Enfin, Laurine lâcha le jeune homme et il se mit à décharger les cartons en commentant :

— Là, c'est le fromage et le pain. Dans celui-ci, t'as la lessive qu'Hélène a commandée, et dans le dernier, c'est un cadeau…

— Pour moi ? minauda Laurine.

— Pour toi, pour hier, pour me faire pardonner, répondit-il sur un ton ennuyé.

La jeune femme entortilla une mèche de cheveux au bout de son index.

— Ouais… Bon, tu m'aides à les rentrer ?

— Tout ce que tu veux, mamour !

— Mamour ? s'esclaffa Laurine en appuyant ostensiblement sur les deux syllabes. Tu m'as vraiment appelée « Mamour » ? Non mais, « Mamour », quoi… On dirait mes parents !

— T'aurais préféré morue ?

Elle lui frappa gentiment l'épaule avec son poing.

— T'es con.

— T'es pas mal non plus…

Laurine saisit un carton et fit un pas vers l'entrée.

— Attends, l'arrêta son jules, y a ça aussi !

Il souleva la selle et en sortit une liasse d'enveloppes.

— Ah ouais, le courrier… Pose-le au-dessus.

Elle coinça les lettres entre son cou et le carton qu'elle portait puis entra, emboîtant le pas à son amoureux qui lui tenait la porte à l'aide de son pied.

Michèle avait assisté à la scène et l'avait trouvée charmante. Cinquante ans. Déjà… Elle rebroussait chemin lorsqu'elle entendit le moteur de la motoneige qui redémarrait et la voix du jeune homme.

— C'est demain, c'est ça ?

— Demain ou après-demain, ça dépendra…, répliqua Laurine assez fort pour couvrir le bruit de l'engin.

L'espace d'une seconde, Michèle se demanda de quoi ils parlaient.

Mais elle secoua la tête, presque honteuse de sa curiosité.

— Salut, Morue !

— Va te faire voir, Mamour ! gloussa la serveuse. Et méfie-toi qu'il n'y ait pas un beau mérou dans les eaux claires de La Marmottière…, ajouta-t-elle avec un clin d'œil.

Ah, la jeunesse…

27

Fanny était attablée avec Tom et Lilou autour d'un copieux petit déjeuner quand elle vit Romain arriver. Elle lui adressa un signe de la main et l'invita à les rejoindre.

— Bien dormi ? demanda-t-il.

— Super ! répliqua Lilou qui avait la bouche pleine.

— J'étais réveillé à sept heures, mais Maman a pas voulu que je me lève, raconta Tom en postillonnant des miettes de croissant.

Un sourire attendri se dessina sur le visage du jeune homme.

— Et vous ? fit-il à Fanny.

Elle croisa le regard cerné de Romain. Devinant que sa nuit avait été aussi courte que la sienne, elle sentit ses joues s'échauffer et se teinter de rouge.

N'importe quoi, se rabroua-t-elle. *Qu'est-ce qui t'arrive, ma vieille ?*

— Trop peu..., avoua-t-elle en se concentrant juste devant elle sur le pain au chocolat qui attendait d'être dévoré.

— Ouais, peu… mais intense ! renchérit-il sur le ton de la blague.

— C'est ça !

Ils rirent de bon cœur.

Un peu plus tard, les enfants eurent l'idée de fabriquer un nouveau bonhomme de neige.

— Vous nous aidez ? proposa Lilou.

— Oh, oui ! Venez avec nous, implora Tom.

Fanny hésita. Faire un bonhomme de neige ne faisait pas vraiment partie de ses activités préférées. Et puis, après sa nuit trop courte, la perspective de cette matinée dehors ne l'enchantait guère. Elle secoua la tête.

— Non, désolée, je…

Mais c'était sans compter sur la force de persuasion de l'équipe d'en face. Lilou et Tom la fixèrent de leurs grands yeux suppliants.

— Vraiment, non, je…

Romain leur prêta main-forte et posa sur Fanny un regard de cocker.

— Dites oui…

— Dis oui, Maman !

— Viens avec nous !

Les enfants se mirent à tournoyer autour de Fanny en lançant des paroles d'encouragement. Très vite, Romain se joignit à leur parade. Fanny explosa de rire et s'avoua vaincue.

— Bon, ben, d'accord, du coup…

Sa réponse fut accueillie par une explosion de joie. Attirées par les cris, Emma et Kate, qui bavardaient à deux mètres de là, se retournèrent et les gratifièrent d'un regard amusé.

— Mais vous n'allez pas avoir trop froid ? s'alarma tout à coup Fanny, regrettant aussitôt sa question qui pouvait donner l'impression qu'elle… enfin qu'elle… qu'elle s'inquiétait pour Romain, alors que…

— Ne vous en faites pas, je mettrai ma cape magique.

Et hop !, il saisit Tom, le fit basculer sur son épaule et le fit voler jusqu'à la sortie du chalet, sous les acclamations du garçonnet :

— Vers l'infini et au-delààààààà !

Et voilà l'équipée partie en quête de l'emplacement idéal, avec une surface ni trop en pente ni trop irrégulière. Après des débats passionnés, ils convinrent d'un lieu et se mirent à l'œuvre. Lilou entreprit de modeler une boule de neige, de la faire rouler jusqu'à l'obtention d'une boule plus massive qui pourrait tenir lieu de tête, Romain et Fanny s'occupèrent du corps, Tom lui sculpta des sabots – enfin, c'est ce qu'il s'évertua à expliquer à sa sœur qui opposa en fronçant les sourcils :

— Mais ça n'a pas besoin de chaussures, un bonhomme de neige !

— C'est pour ça que je lui ai fait des sabots, c'est pas fait pour marcher beaucoup !

Au bout d'une demi-heure, on recula d'un pas pour évaluer le travail accompli. Lilou estima le bonhomme pas mal quoiqu'un peu de travers, Tom le jugea trop gras et lui conseilla de suivre un régime, Romain proposa de lui dessiner un grand sourire qui viendrait remplacer ce petit air contrarié que lui conférait sa bouche en cœur – c'était une idée de Lilou – et Fanny, eh bien, Fanny, comment dire…

Fanny trouva ce bonhomme absolument parfait, tout comme ce moment.

Une sensation de froid cinglant dans le cou la ramena à la réalité. Elle hoqueta de stupeur. Lilou examinait sa maman d'un air malicieux. Puis, sans crier gare, Tom envoya une boule de neige bien sentie sur la poitrine de Romain qui lui répondit immédiatement par un jet sur les genoux. La bataille était lancée. Très vite, les projectiles fusèrent de part et d'autre, au même titre que les éclats de rire et les protestations faussement indignées. On tirait indifféremment sur l'un ou sur l'autre, on était l'assaillant ou la victime, on attaquait ou on défendait, on balançait autant qu'on recevait. La neige glissait sur les épidermes, s'incrustait dans les cols, les manches, humidifiait les tissus. On était trempés jusqu'aux os, mais on était morts de rire. Et heureux.

— Tournée de chocolat chaud ? suggéra un Romain essoufflé aux cheveux recouvert de flocons.

— Ouaiiiiiis ! s'enflammèrent en chœur les enfants.

— Le dernier arrivé est une cuillère tordue ! fit le jeune homme en s'élançant vers l'hôtel, immédiatement poursuivi par le frère et la sœur.

Le talus de neige se mua en toboggan qu'ils dévalèrent sur les fesses.

— Attendez-moi ! les conjura Fanny qui s'était immobilisée devant la pente, tétanisée.

Et si je me foulais une cheville ? Ou pire, si je me cassais une jambe ? Ou un traumatisme crânien ? Et si je tombais dans le coma ? Et si je mourais ? Comment se débrouilleraient-ils ? Dans quelle galère ça les mettrait ?

Impossible. Je ne peux pas.

Son estomac se noua. Ses jambes chancelaient.

Lilou l'encouragea d'en bas.

— Allez, Maman !

— C'est facile ! approuva Tom. Je te rattrape si tu tombes !

Romain tendit le bras, main grande ouverte dans sa direction.

— Vous pouvez le faire, Fanny !

Rien à faire, Fanny restait pétrifiée. Elle avait envie de pleurer. Maudite trouille. Elle n'avait pas toujours été comme ça. Avant la mort de Sébastien. Avant…

— Faites-nous confiance…

Elle inspira.

— Maman, Maman, Maman !!!! scandaient les enfants en battant des mains.

Elle s'assit au bord du talus.

— Vas-y, Maman !

— T'es la meilleure !

Elle serra les paupières si fort qu'elle vit des étoiles.

Allez, tu peux y arriver. Pour eux. Et pour toi.

Elle prit une grande inspiration. Poussa sur ses bras. Et glissa en émettant un hurlement strident dans lequel s'était incrustée une pointe de quelque chose. Il y avait de la peur, certes, mais aussi un zeste d'excitation qui, de murmure au départ, s'intensifia au fil de la descente. Un grain de folie que Fanny pensait avoir perdu et qu'elle venait de retrouver.

Dès qu'elle arriva au bas de la pente, ses enfants se jetèrent sur elle. Leur étreinte la plaqua au sol. Romain lui offrit sa main, elle l'accepta en baissant les yeux. Il l'aida à se relever. Elle sourit.

— Vous me trouvez ridicule, hein ?

Il secoua la tête.

— Il m'est impossible de répondre à cette question, je vous rappelle que vous n'avez pas le droit de prononcer la moindre bêtise de la journée. Revenez demain !

L'ironie douce de Romain lui plaisait. Dire qu'elle le maudissait quelques jours plus tôt seulement. À présent, elle se rendait compte qu'il y avait entre eux une fluidité, une facilité… une connexion.

Une connexion ? On croirait entendre le représentant de commerce…

— Comptez sur moi…, répliqua-t-elle pour continuer la blague.

— Vous voulez dire que vous avez un stock d'idioties en réserve ?

— J'en ai tout un entrepôt.

— Il me tarde de les entendre.

— Il faudra penser à prévoir une chaise. Et un repose-pieds. Et un lit.

Et un lit ??? Sérieusement ? Non mais, j'ai vraiment dit ça ? Qu'est-ce qu'il va penser ?

Confite de honte, elle ne savait plus où se mettre. Pour reprendre sa contenance qui venait de s'enfuir en Patagonie, elle suggéra d'une toute petite voix de rentrer boire ce chocolat chaud.

Ils croisèrent le commercial, qui sortait au moment où ils passèrent la porte. Tous les quatre, du plus petit au plus grand, le saluèrent d'un hochement de tête.

Laurine apporta les quatre chocolats chauds dans le salon où Fanny, Romain et les enfants s'étaient installés. La serveuse avait pris soin de dessiner des *smileys* sur la mousse. La fumée s'échappait en volute et se dandinait au-dessus des nez retroussés de Tom et Lilou. Les effluves de cacao se mêlaient à l'odeur du feu de cheminée. Tom soufflait sur son chocolat, Lilou lapait le sien à l'aide de sa petite cuillère, les corps se réchauffaient.

On était bien, à bavarder ainsi de tout et de rien, entre réflexions existentielles et considérations terre à terre. On passait d'un sujet à l'autre avec fluidité. On évoqua les rythmes scolaires, la cuisson des œufs, la température des piscines municipales, les marques de crème solaire, les groins de sanglier. On rit en se remémorant la tête branlante du bonhomme de neige. On se demanda s'il tiendrait la nuit.

Quand Romain, soudain, cessa de parler. Après une pause, manifestement gêné, il s'adressa à Fanny :

— Je me demandais… une balade en raquettes, ça vous tenterait ? J'ai vu qu'il y en avait à disposition à la réception…

Fanny ouvrit des yeux ronds.

— Oh, oui ! Trop bien, les raquettes, en plus j'en ai jamais fait ! On y va qu… ? Aïeuh !

La table avait bougé. Lilou jetait un regard courroucé à son frère. Un coup de pied sous la table avait neutralisé l'engouement de Tom. Il gonfla ses joues en signe de protestation et se composa une mine si colère que ses petits yeux se muèrent en deux traits.

— Je… oui, pourquoi pas…, bafouilla Fanny, à la fois surprise et heureuse de cette invitation.

Puis :

— Mais c'est impossible, je ne peux pas laisser les enfants tout seuls.

— Si je peux me permettre, on est là, nous, s'immisça Michèle qui planchait sur son manuscrit dans un fauteuil un peu plus loin.

Fanny hésitait à accepter. Elle ne souhaitait être une charge pour personne, embêter Michèle était hors de question. Et puis, elle ne voulait pas que Romain se sente obligé de quoi que ce soit.

— On sera sages, promis ! intervint à son tour Lilou, avec son air de gamine-futée-qui-prend-des-initiatives-et-qui-sait-sauver-des-situations-quand-il-le-faut.

Romain regarda Fanny, d'un air de dire : « Vous voyez ? Ça ne dépend que de vous… »

Fanny réfléchit à toute vitesse ; après tout, ce n'était qu'une balade qu'il lui proposait, ça n'engageait à rien, ce serait l'occasion de visiter le coin, d'apprendre des choses, de sortir de l'hôtel, de…

— D'accord. J'en serais ravie.

Une fois qu'ils eurent fini leur chocolat chaud, elle monta dans sa chambre et se prépara à cette randonnée avec le plus grand soin. Ce n'était pas un rendez-vous, cela n'avait rien à voir, d'ailleurs, ce n'était qu'une promenade en raquettes entre amis. « Amis » ? Non, même pas, entre deux potes, deux connaissances, deux personnes coincées par inadvertance au même endroit par une avalanche.

Ils s'étaient donné rendez-vous devant la réception à quatorze heures.

Elle tergiversa longtemps pour savoir s'il valait mieux être en avance, en retard ou à l'heure. Elle pensa à Nadia. À ce qu'elle lui conseillerait.

Quatorze heures pile ? Ça donnerait l'impression que tu te tenais prête depuis cent ans.

Moins cinq ? Et pourquoi pas débarquer avec un panneau autour du cou : « Je m'appelle Fanny et j'ai pas de vie. » Tu veux passer pour une no-life ou quoi ?! Fais-toi désirer.

Et quart ? Se faire désirer, ça veut pas dire être mal élevée.

Après un débat intérieur de haute intensité entre sa Nadia imaginaire et elle-même, la jeune femme décida qu'un léger retard se faisait, dans un cas comme celui-ci.

Un cas comme celui-ci ? De quel cas tu parles, exactement ? Ce n'est pas un rencard, ça n'a rien du tout d'un rendez-vous, imagine que tu es avec Nadia. Voilà, tout à l'heure, tu vas faire un tour en raquette avec Nadia.

Elle se morigéna.

Oh là là, la honte, on dirait une ado de quinze ans.

Il était là, à l'attendre en bas de l'escalier, deux paires de raquettes pendues au bout de son bras. Il les lui désigna d'un signe du menton tandis qu'elle descendait les marches pour le rejoindre. Ils saisirent les bâtons qui étaient posés contre la porte et sortirent. Là, ils grimpèrent le talus et s'assirent pour chausser l'équipement. Comme elle ne parvenait pas à attacher les sangles, il l'aida. Elle pouffa, gênée de sa propre maladresse, puis ils partirent à l'assaut de la montagne immaculée, le ciel, le soleil, les arbres et quelques pinsons du nord pour uniques témoins.

Ils parlèrent. Beaucoup. Se racontèrent leur vie. Elle évoqua Sébastien, son cancer foudroyant, leur existence à trois, difficile parfois mais remplie de jolis moments. Il parla de Carole, de cet amour qui s'étiolait, de cet enfant qu'elle refusait, de sa vie loin de chez lui, de ses jeux, de son impression de s'être trompé de route et de ne pas être tout à fait à sa place.

Ni l'un ni l'autre ne se plaignaient, ils ne larmoyaient pas. Ils constataient juste. Ils décrivaient un état de fait, dressaient le bilan de leur existence.

Par trois fois, Romain acheva une phrase que la jeune femme avait entamée. Par deux fois, Fanny devina un mot qu'il avait sur le bout de la langue mais qu'il ne réussissait pas à formuler. Tout en arpentant les sentiers, ils se découvrirent une multitude de points communs, s'étonnant de goûts similaires et de petites fantaisies honteuses identiques : il adorait les cerises au kirsch, elle aurait tué pour un Mon Chéri là tout de suite ; elle aimait danser sur Beyonce, il se prenait pour Usher devant sa glace en se rasant ; elle vouait un culte à la série de films *Fast and Furious,* il pleurait devant *Love Actually* ; elle gardait en souvenir un vieux sachet de M&M's périmés depuis quinze ans, il conservait une boîte de Tic Tac entamée à l'âge de douze ans, parce qu'un joueur de foot célèbre l'avait touchée. Elle s'était imaginée en conductrice de machines de terrassement, il avait, à dix-sept ans, envisagé de devenir sage-femme.

— Non, vous déconnez ! s'esclaffa-t-elle malgré elle.

— Pas du tout, je me suis beaucoup renseigné à ce moment-là, s'indigna-t-il.

— Et qu'est-ce qui vous a empêché de vous lancer ?

— Mario 64.

— Comment ça ?

— Un jeu vidéo sur Nintendo 64. Je suis tombé raide dingue de la princesse Peach, répliqua-t-il avec le plus grand des sérieux. Je devais la sauver.

Elle rit. Il tomba dans un petit fossé, elle rit davantage avant de courir le sauver. Elle s'écroula à son tour. Sur lui. Et le monde, soudain, eut une autre saveur.

Un peu plus tard, tandis qu'ils traversaient une allée bordée de mélèzes, il fut question de la raison qui les avait poussés à venir dans cet hôtel. Fanny se lança la première.

— C'est à cause de Jean-Noël...

À l'évocation de son grand-père, le visage de Romain s'assombrit. Sans doute craignait-il que l'état de grâce s'achève, que Fanny lui reproche à nouveau son manque d'empressement à lui rendre visite. Percevant le malaise qui menaçait de s'installer, la jeune femme coupa court immédiatement :

— Ne vous en faites pas, je ne vous reproche rien, j'ai bien compris que, si ça ne tenait qu'à vous, vous passeriez plus souvent aux Tilleuls. Alors voilà, votre grand-père tenait à ce que je fasse une déclaration en son nom à Hélène. Enfin, c'est ce qu'il m'a fait croire. En vérité, je crois plutôt qu'il voulait nous forcer à prendre quelques jours de vacances...

Cette fois, la figure de Romain s'éclaira d'un large sourire, qui contamina celle de la jeune femme.

— Et ce n'est pas tout, continua-t-elle, je le soupçonne d'être parvenu à soudoyer le chat pour qu'il se colle à lui…

— C'est bien son genre, répondit-il en partant cette fois d'un grand éclat de rire, vu l'ancien métier de mon grand-père.

Fanny s'étonna.

— Vous ne savez pas ce qu'il faisait, comprit Romain.

Elle avoua qu'elle n'en avait pas la moindre idée. Elle et Jean-Noël s'entendaient à merveille, ils s'appréciaient beaucoup, mais il ne s'était jamais étalé sur sa vie.

— Prestidigitateur…

— Quoi ? Il était magicien ?

Fanny en resta scotchée.

— Eh oui… avec haut-de-forme et queue-de-pie, découpage, transperçage et mise en lévitation d'assistante, apparition de colombes, de lapins et de plein d'autres animaux improbables, disparition de volontaires du public, tours de cartes… La totale, quoi… Quand j'étais petit, il me présentait toujours des tours sensationnels, c'était vraiment dingue chez lui, des oiseaux partout, des cordes, des faux livres, une vraie caverne d'Ali Baba. Je m'en suis donné à cœur joie, j'adorais passer du temps avec lui. C'est d'ailleurs pour ça que je suis là. Il m'a demandé de récupérer un jeu de cartes qu'il avait confié à Hélène dans les années soixante, son jeu fétiche, une sorte de porte-bonheur. Il voulait le manipuler une dernière fois…

À ces mots, la mine de Fanny se para d'un masque de tristesse.

— Vous pensez qu'il va…

Le reste de la phrase se perdit dans un sanglot. Romain posa la main sur son épaule et s'efforça de cacher la tristesse qui l'étreignait lui aussi.

— Mon grand-père est assez imprévisible. Il a toujours eu plus d'un tour dans son sac, vous savez.

La jeune femme essuya la larme qui longeait sa joue, hocha la tête, inspira.

— Et le jeu de cartes ?

— Hélène n'avait pas trop l'air de savoir de quoi je parlais. Elle m'a dit qu'elle allait chercher. Et puis, après, il y a eu l'avalanche et mon problème de cartes est un peu parti aux oubliettes…

Ils reprirent leur marche à travers les chemins balisés, croisant ici un torrent figé par la glace, là un écureuil facétieux bravant le froid et le givre. Loin et longtemps, on entendit résonner la cascade de leurs rires.

Le crépuscule panachait déjà le ciel d'ocre et de champagne quand ils passèrent la porte de l'hôtel, fourbus mais ravis. Elle monta se préparer pour le dîner et se pomponna comme une adolescente pour sa première boum, passant près d'une heure à choisir sa tenue. Lui aussi monta se préparer, fit avec les moyens du bord étant donné qu'il n'avait pas apporté grand-chose, abandonna sa peau à l'eau chaude pendant une éternité.

Qu'est-ce qui avait changé ? Deux jours avant, ils ne se supportaient pas, elle avait cru voir en lui un gars hautain et engoncé dans son égoïsme ; il l'avait jugée hystérique, limite dingue, et profondément injuste. Mais aujourd'hui, tout, absolument tout, était différent.

Elle dans sa chambre, lui dans la sienne, un mur recouvert de lambris entre les deux. Elle dont le visage irradiait d'un nouveau bonheur, lui qui n'aurait échangé sa place pour rien au monde…

Il était déjà en bas quand elle s'engagea dans l'escalier. Au moment où elle posa le pied sur la première marche, il se tourna dans sa direction.

Elle portait des escarpins et une robe noire simple que lui avait prêtées Laurine.

Elle lui adressa un sourire contrit, mal à l'aise, se détestant de s'être ainsi déguisée en femme et d'en avoir trop fait.

— Eh ben, heureusement qu'il est marié, celui-là, j'aurais du souci à me faire autrement !

La voix du représentant en sanitaires avait retenti dans tout l'hôtel.

La réflexion de Franck avait rompu le charme : Fanny s'était statufiée dans les escaliers, Romain zieutait ses chaussures en maudissant l'alliance qui emprisonnait son annulaire. Et tandis que le vendeur s'éloignait en sifflotant, les deux jeunes gens baissaient les yeux.

Fanny savait bien que Romain était marié, qu'il n'était pas disponible – d'ailleurs, ce type-là était sans doute trop bien pour elle, hein, que s'était-elle imaginé, au juste ? Mais voilà, il lui plaisait, beaucoup même ; grâce à lui, quelque chose qu'elle croyait éteint s'était réveillé.

De son côté, Romain pensait à Carole, à son engagement auprès d'elle, à leur existence de travers, à ce jour où il lui avait juré fidélité, à cette nuit où il avait compris qu'elle voyait quelqu'un d'autre, à son absence de jalousie envers celui qui lui prenait sa femme, à son indifférence. Plus encore, il songeait à cette femme, là, juste devant lui, qui avait la forme d'une promesse. Une promesse qui, s'il en croyait la mine chagrine que Fanny arborait, s'était envolée.

Avec sa frustration de relégué, le représentant de commerce avait mis le doigt là où ça coinçait. Il avait saccagé la machine, balancé un sac de sable dans l'engrenage, brisé la magie, anéanti le sortilège de deux jeunes gens en train de tomber amoureux.

Le dîner se déroula dans une incommensurable gêne, d'autant plus que Franck prenait un malin plaisir à passer et repasser devant la table où dînaient Fanny et les enfants, s'installant carrément avec eux.

Engoncée dans sa robe, Fanny était au bord des larmes. Romain, quant à lui, avait finalement choisi de ne pas prolonger le malaise : il était remonté dans sa chambre rapidement, prétextant une lombalgie fulgurante.

Alors que le vendeur déployait un monologue gonflé d'autosatisfaction, la jeune femme grattait la nourriture du bout de sa fourchette.

Cela n'échappa pas à Hélène. La vieille femme s'approcha de la table et s'adressa d'emblée à Franck :

— Dites, vous ne voudriez pas jeter un coup d'œil à mes toilettes ? Je crois qu'il y a une fuite sur le bitoniau qu'est à côté de la chasse.

Le représentant de commerce dodelina de la tête d'un air désolé.

— J'ai beau être multi-casquette, je ne suis pas plombier.

Mais Hélène était déterminée à offrir à Fanny un peu de tranquillité.

— Eh bien, j'espère que le service après-vente de l'entreprise Bruve est plus efficace que ses vendeurs. Moi qui pensais finalement vous acheter quelques-uns de vos cabinets thaïlandais, je vais peut-être me tourner vers la concurrence.

— Ah non ! tonna Franck en sautant de sa chaise. Moi vivant, je ne vous laisserai pas dépenser votre argent chez cette bande de charlatans de la société Poirier !

Des regards étonnés se braquèrent sur lui. Il se radoucit.

— Allez, venez, je suis un homme faible, que voulez-vous, je ne peux pas résister au charme centenaire jurassien.

— Comment ça, « centenaire » ?! se scandalisa la patronne.

— Non, pardon, je voulais dire, vénérable, honorable…

— Laissez tomber mon petit, vous vous enfoncez dans la raclette. Allons enterrer ma chasse d'eau, voulez-vous…

Malgré sa peine, Fanny avait percé à jour le stratagème d'Hélène pour éloigner Franck ; un sentiment de reconnaissance l'envahit.

Laurine s'était mise à garnir le buffet de desserts. Tom et Lilou se dandinèrent jusqu'à l'étal recouvert de gâteaux, mousses au chocolat, tartes au citron et fromages blancs. Avisant sa mère qui n'avait pas touché à son plat, la fillette revint sur ses pas.

— Tu veux quoi comme dessert, Maman ? Je te ramène une assiette…

— Rien, merci, ma chérie, je n'ai pas très faim.

— Tu es triste ? À cause de Romain ?

Fanny observa sa fille. La lucidité de l'enfant ne cessait de la surprendre. Elle prit conscience que la fillette serait bientôt une adolescente et devina, derrière les joues rebondies, le visage fin de la jeune femme qu'elle allait devenir. Son cœur se serra de plus belle, sa gorge se noua. Elle se refusa à lui mentir.

— Oui, un peu, dit-elle simplement.

— Je crois que tu devrais monter le voir. À ta place, c'est ce que je ferais…, fit la petite fille avec une assurance touchante. Tu sais, je peux m'occuper de Tom, je suis assez grande, maintenant.

Et, pour mieux persuader sa mère de la laisser gérer, elle énuméra les tâches auxquelles devait s'astreindre son petit frère avant d'aller au lit : se laver les mains, se brosser les dents, se peigner les cheveux, faire pipi. Elle précisa qu'elle lui raconterait une histoire, qu'elle l'embrasserait sur les paupières – « comme toi, Maman » – et qu'elle lui souhaiterait une belle nuit pleine de doux rêves.

— Tu vois que je saurai faire ? conclut-elle en prenant son air de fillette-qui-comprend-des-choses-de-grandes-personnes.

C'est ainsi que Lilou parvint à convaincre Fanny. Et cette dernière, qui avait peur de tout depuis le décès de Sébastien, accepta pour une fois de courir le risque de souffrir.

Elle se tint devant l'escalier pendant un long, très long moment, hésitant, redoutant de voir son cœur sortir de sa poitrine. Après une éternité de tergiversations, elle monta fébrilement les marches une à une, une main moite sur la rampe. Elle tremblait de tous ses membres, son estomac comme attaché à une enclume. L'ascension de l'Everest ne lui aurait pas semblé plus éreintante. Au prix d'un effort titanesque, elle réussit à atteindre le niveau supérieur.

Voyons, se fustigea-t-elle, *tu n'as plus seize ans, reprends-toi, ma vieille, tu es ridicule. Il ne va pas te manger…*

Elle s'arrêta devant la chambre, grignota la cuticule de son index droit, fit taire la petite voix qui lui commandait de respecter le choix de Romain et de ne rien tenter, tout en prêtant l'oreille à celle qui l'enjoignait à initier une discussion franche avec lui, histoire de comprendre, de savoir si oui ou non ce qu'elle avait cru était réel. Elle posa sa tempe contre la porte, n'entendit rien, se résolut à frapper, si timidement que personne ne répondit.

Elle insista, effrayée par sa propre audace. *Toc toc toc.*

— C'est Fanny…, marmonna-t-elle à travers la cloison.

La porte s'ouvrit.

28

— Excusez-moi, je peux vous déranger une minute ?

Emma se tenait debout, à quelques mètres de la table où la vieille femme était assise. Elle sentait son ventre rond tendu à l'extrême, tout comme le reste de son corps.

— Bien sûr.

L'hôtelière se pencha vers Franck, courbé en deux sur l'application calculatrice de son smartphone.

— Dites, jeune homme, on remet notre conversation à plus tard ? Ça me laissera le temps de remplir le bon de commande.

— Vous m'êtes sympathique et j'ai bien envie de vous rendre service, s'empressa-t-il de répondre. Je vais vous le remplir, moi, le bon de commande, comme ça, vous n'aurez plus qu'à signer. Ça vous va ? Allez, n'en dites pas plus, je m'en occupe tout de suite. Où est-ce que j'ai fourré mon stylo, moi ? Vous ne l'auriez pas vu, par hasard ?

Il se baissa sous la table.

— Oh, bah mince alors, ronchonna-t-il, il est où, ce fichu stylo ?

Emma se tourna vers Kate avec un air suppliant. Sa compagne, restée assise à une autre table, surveillait la scène du coin de l'œil.

Répondant à l'appel à l'aide d'Emma, elle se leva et s'approcha de la table sous laquelle Franck, à quatre pattes, cherchait son stylo. Quand Kate fut suffisamment près, Emma l'entendit grincer à voix basse :

— Tu parles d'un chien de poche.

Kate avait raison, Franck était toujours là au mauvais moment – un talent à ce niveau-là, presque une prouesse – ; il fallait chaque fois lui jeter une corde à nœuds pour qu'il daigne s'éloigner.

Kate saurait inventer un stratagème. Elle aussi avait du talent. Elle avait, entre autres dons, celui de la bonne réaction au moment opportun.

Effectivement, la jeune femme trouva aussitôt un subterfuge :

— T'sais qu'à Québec, on a du mal à trouver de bons sèche-mains. Une fois, j'avais obtenu une aubaine de cinquante pour cent, mais c'tait pas un bon *deal*. Tu livres au Canada ? Parce que dans ma *job*, on en a besoin d'une bonne centaine.

L'autre se cogna contre le bord de la table, stupéfait.

Une bonne centaine ! Au Canada ! Ce n'était pas tous les jours que Franck Deguerre explosait le compteur des ventes, et à l'international en plus. À ce train-là, il serait bientôt promu vendeur de l'année, loin devant cet empaffé de Maurice Trognard. À lui, le séjour *all inclusive* à Djerba, les doigts de pied en éventail et la piña colada ! Il se voyait déjà devant la piscine à vagues du Fram Magic Life Beach, avec son chapeau de paille et son maillot de bain. Ah, il allait en faire, une drôle de trogne, Trognard, quand il recevrait la photo, lui qui, la dernière fois, ne s'était pas gêné pour se pavaner aux Baléares aux frais de la boîte. Quand il avait reçu la photo du Trognard en train de jouer au volley sur la plage, Franck avait vu rouge, d'autant que s'il avait remporté le titre de vendeur de l'année, c'était parce qu'il lui avait piqué sa clientèle.

Devant la machine à café, il s'était promis que si le Trognard avait gagné une bataille, il ne gagnerait pas la guerre. Franck Deguerre, cinquante-huit balais, n'était pas du genre à se laisser enterrer sans rien dire.

Sans compter que la Canadienne accepterait peut-être de l'accompagner. Franck voyait la manière dont elle le regardait. Il l'intéressait, c'était sûr.

Cherry on the cake.

Non.

Cake on the cherry ?

Peu importe.

On ne comprenait pas toujours ce qu'elle racontait, mais il s'y ferait. Avec ses cheveux auburn, ses yeux verts, son accent fleuri et sa jeunesse, ce serait le coup de grâce pour le Trognard.

Ah oui, mais, comment expliquer à la jolie Fanny que…

Bon alors, non, se ravisa Franck, grand seigneur. C'est avec Fanny qu'il s'envolerait à Djerba, c'est elle qui, la première, avait ravi ses sentiments. Quant à la Canadienne, il allait falloir trouver les mots. Pourvu qu'elle ne pleure pas, Franck n'avait jamais su gérer les larmes – derrière sa cravate battait un cœur sensible.

Mais il ne pouvait pas se forcer, il était l'homme d'une seule femme et…

En tout cas, se réjouit-il, il n'avait pas fini de déprimer, le Trognard.

Il a vraiment d'la mine dans le crayon, pensa Kate en croisant le regard sucré que lui envoyait maintenant le représentant.

Et elle l'entraîna plus loin, non sans décocher un clin d'œil d'encouragement à Emma. *À toi de jouer !*

*

Emma avait passé la journée à ressasser ce qu'elle devait lui dire, et, surtout, *comment* elle devait le lui dire. Enfin, la journée... disons les deux jours précédents. Elle avait bien failli tout déballer la veille, mais il y avait eu l'histoire des enfants qu'on ne retrouvait plus, il avait fallu remettre à plus tard. Elle avait alors dû se résoudre à attendre, encore, la peur au ventre.

Devant son miroir, Emma avait choisi les mots avec soin, répété les phrases des dizaines de fois, travaillé l'enchaînement des propositions, bref, elle avait préparé son intervention comme Rihanna son Stade de France. Mais là, devant la vieille femme, elle avait un trou. Si près du but, elle ne savait plus ni par où commencer ni comment finir, tout s'embrouillait, c'était une catastrophe.

— Cela a quelque chose à voir avec la chambre ? risqua Hélène.

— Euh non... c'est...

C'est trop dur...

— Avec la nourriture, peut-être ? ou les chasse-neige ? Vous vous inquiétez de savoir s'ils ne vont pas tarder ?

— Non...

— De nouvelles contractions ?

— Non plus…

Emma fouilla dans la poche de son jean. Elle en extirpa un document plié et le tendit à la propriétaire de l'hôtel.

— Qu'est-ce que… ?

Hélène porta la main à sa bouche.

Si Hélène n'avait pas été assise, il aurait fallu qu'elle se cramponne à un mur pour ne pas s'écrouler. Elle bredouilla :

— Où avez-vous eu ça ?

— C'est elle qui me l'a donnée…

L'hôtelière s'agrippa à la table et scruta la photographie sur laquelle une femme prenait la pose. Des cheveux longs châtains, un nez droit, des yeux noisette, un regard déterminé. Un chemisier vert, un jean marron, des bottines. Une bague. De légères pattes d'oie au coin des paupières, un visage moins dur, plus expérimenté que celui qui s'était échappé trente-cinq ans plus tôt. Non, pas trente-cinq. Trente-quatre ans, sept mois, seize jours et cinq heures très exactement. Hélène le savait parce que son existence s'était écroulée ce jour-là. C'était un mardi.

Christine avait alors vingt-deux ans, elle avait claqué la porte et Hélène s'était machinalement tournée vers la grande horloge au-dessus de la porte. Voilà comment se grave l'heure d'un désastre. Avec un réflexe idiot, une nonchalante désinvolture. On croise une pendule presque sans s'en rendre compte et *bing*, ça s'imprime.

Ses doigts palpitèrent nerveusement, sa bouche se contracta en mouvements incontrôlables.

Elle se souvint du silence, affreux, sordide, qui avait suivi le vacarme. Ce silence-là, elle l'avait longtemps trouvé assourdissant. Elle se rappela aussi que le matin de ce mardi, elle avait ouvert les yeux sur un jour ordinaire. Le soir, elle ne les avait pas fermés. Pas pu. Toute la semaine suivante non plus. C'est la lassitude qui avait finalement eu raison de son insomnie. Sa fille était partie, *vlan* la porte, *clac* la portière de la voiture, *vroum* le moteur, et elle n'était jamais revenue.

Depuis, Hélène comptait les jours et dessinait des croix idiotes sur les calendriers, tel un forçat sur le mur de sa cellule. Les almanachs s'amoncelaient dans son tiroir, au rythme des années qui s'écoulaient. L'inquiétude tapageuse qui, les premiers mois, avait hurlé dans son ventre de mère s'était peu à peu diluée dans une résignation muette. Elle avait fini par accepter l'idée que sa fille ne rentrerait pas, que son enfant s'était inventé une vie nouvelle où elle n'était pas, tout en caressant l'espoir fou, ténu, vissé au cœur et sans en parler jamais, que peut-être, un jour, un soir, une nuit, elle réapparaîtrait, à la faveur d'un regret ou d'un miracle.

Mais pas d'une photo apportée par une messagère enceinte jusqu'aux dents venue de l'autre côté de l'Atlantique.

Hélène contempla un long moment le portrait qu'elle ne distinguait plus qu'à travers les larmes qui embuaient son regard et débordaient lentement. Tranquillement. Il y a un âge où l'on ne sait plus pleurer avec fracas.

— Où est-elle ? balbutia-t-elle lorsqu'elle put enfin parler.

— Elle habite près de Montréal.

Sans quitter le cliché des yeux, et sans prononcer un mot, Hélène acquiesça. *C'est bien, ça, Montréal…*

— Elle va bien, au moins ?

— Très bien, oui.

La vieille femme serra les lèvres. *Tant mieux, tant mieux.*

— Elle ne sait pas que je suis là…, murmura Emma, la voix éraillée.

Hélène lorgna la jeune femme sans comprendre. Emma tordit sa bouche, se gratta la joue, passa la main dans ses cheveux courts. Ses beaux yeux noisette fixaient tantôt le sol, tantôt le plafond, trahissant son embarras.

Une intuition fulgurante étreignit brusquement Hélène. Elle regarda la photo à nouveau, scruta la jeune femme, revint à la photo, avant de retourner à la jeune femme, photo, jeune femme. Des yeux noisette ! Identiques ! La ressemblance était frappante. Se pouvait-il que cette Emma ait un lien de parenté avec sa fille ?

— Oh, mon Dieu, gémit à voix basse la vieille femme en comprenant que là, debout juste devant elle, se tenait sa petite-fille.

Hélène se souleva de son siège. Elle se tint au bord de la table tandis que ses pieds glissaient sur le plancher, en direction d'Emma. Elle tremblait comme une feuille. Quand elle se fut suffisamment approchée de la jeune femme, elle tendit la main vers son visage, l'effleura du bout des doigts. Elle ne parvenait pas à croire que sa petite-fille se trouvait dans la même pièce qu'elle, mais quand elle la toucha, la partie d'elle-même qui doutait encore fut convaincue que ce n'était pas un rêve.

— Mon Dieu, répéta-t-elle.

Emma appuya sa joue contre la paume frissonnante.

Il y avait, chez l'une comme chez l'autre, une certaine gaucherie, un mélange de pudeur au contact de l'épiderme inconnu et d'évidence, comme si les peaux se reconnaissaient.

— Vous… tu… je ne sais plus…, bafouilla la vieille femme, plus émue qu'elle ne l'avait jamais été.

— Tu, prononça Emma avec difficulté, c'est mieux.

— Viens avec moi, nous avons beaucoup à nous dire, je crois.

Elle entraîna alors la jeune femme vers la petite porte qui donnait derrière la réception.

— Chez moi…, précisa-t-elle en ouvrant.

C'était un intérieur étroit, propret, assez sombre. Un grand tapis bordeaux réchauffait le sol ; un canapé et un fauteuil. Sur ses accoudoirs, on avait disposé deux napperons. Au milieu se dressait une petite table basse ronde en pin massif ; des assiettes étaient exposées sur un buffet contre le mur, ainsi qu'un vase contenant un bouquet de fleurs artificielles et une dizaine de cadres ; quatre lampes de chevet éclaboussaient la pièce d'auréoles moutarde. Emma se remémora la maison de poupées de son enfance, elle n'était pas si différente de ce salon…

Hélène l'invita à s'asseoir sur le canapé. Et Emma commença à parler de sa mère. C'était un peu dans le désordre, à cause de l'émotion, mais enfin le principal y était. Elle lui raconta comment Christine avait choisi de s'installer au Canada, son métier de soigneuse dans un zoo, comment son père s'était volatilisé un soir d'automne, comment sa mère l'avait élevée, comment elle s'en était bien sortie.

Elle s'évertua à résumer les trente-cinq années qui manquaient à la vieille femme.

Hélène buvait ses paroles. Elle brûlait d'envie de connaître les détails, il y avait tant de choses à rattraper, mais elle ne pouvait se résoudre à interrompre Emma, de crainte de rater l'essentiel en s'agrippant aux détails, de crainte aussi que se tarisse le flot de paroles et que cette présence disparaisse aussi vite qu'elle était arrivée.

— Voilà, fit Emma quand elle eut achevé de raconter l'histoire de Christine, c'est tout.

Emma ne lui avait pas demandé les raisons du départ de Christine. Sur la dispute qui avait conduit à la porte claquée et à l'absence. Hélène y perçut une preuve de délicatesse de la part de la jeune femme. Sans doute redoutait-elle de faire surgir chez Hélène des souvenirs douloureux. Sans doute sa petite-fille savait-elle que, dans une relation, il faut être deux, et lorsqu'elle se termine, chacun porte son lot de responsabilités.

Hélène avait eu trente-quatre ans, sept mois, seize jours et cinq heures pour y réfléchir.

Christine avait été une enfant difficile. Pas le genre à accepter l'autorité. D'elle, on disait qu'elle était *vraiment* la fille de sa mère. *C'est vrai*, songea Hélène, *qu'elle avait de qui tenir.*

Elles avaient été aussi fusionnelles qu'elles se montraient capables d'engueulades mémorables. Entre elles, les éclats de joie avaient été légion et la confrontation, surtout à l'adolescence de Christine, avait constitué leur mode de fonctionnement.

Depuis toute petite, Christine était passionnée par les animaux. Elle avait donc entamé de longues études de vétérinaire à Nantes, impliquant d'énormes sacrifices pour Hélène, à la fois financiers puisqu'il lui fallait s'acquitter du prix du logement, et sentimentaux : la distance était une douleur. Mais elle s'en accommodait, persuadée que sa fille reviendrait exercer dans ses montagnes jurassiennes.

Un jour, Christine avait annoncé à sa mère qu'elle arrêtait ses études. Elle avait rencontré un chanteur dans un bar, un musicien à la petite semaine qui lui promettait une vie de bohème sur les routes.

— Je suis amoureuse, avait-elle dit à sa mère pour expliquer son choix.

Hélène était montée dans les tours. Sa fille ne voyait-elle pas qu'elle s'apprêtait à gâcher sa vie ? Comment pouvait-on tout envoyer promener après avoir bataillé si fort pour obtenir une place dans une filière aussi sélective ? Enfin, on n'hypothéquait pas sa vie sur une amourette ! Surtout après tous les sacrifices financiers que sa mère avait consentis.

Là où, d'ordinaire, Christine se serait aussi emportée, elle avait cette fois gardé le silence. Hélène avait naïvement pensé que ça lui était passé. Mais sa fille avait débarqué un mois après, un mardi, donc, en pleine période d'examens.

Le type attendait dans une voiture sur le parking des Cinq Marmottes. Il n'avait pas voulu rentrer. Tant mieux, Hélène n'aurait de toute façon pas voulu le recevoir. À ce stade, c'était presque une question d'ego.

Christine et elle avaient donné de la voix pendant près d'une heure, chacune essayant de faire entendre raison à l'autre. Quelque part, cela avait rassuré Hélène, c'était ainsi qu'elles fonctionnaient, avec le verbe haut. On s'engueulait et, une fois que chacune avait dit ses quatre vérités à l'autre, on oubliait et la vie reprenait.

Mais, cette fois, quelque chose de différent s'était produit.

Après une heure de palabres, Christine s'était tu. Elle avait sorti un papier plié en deux de son portefeuille, l'avait fait glisser du côté de la table où Hélène serrait les dents.

« On est quittes maintenant. »

Puis elle était partie.

Le papier, c'était un chèque.

Sa fille avait acheté sa liberté.

Évidemment, Hélène n'avait jamais encaissé le chèque. Mais elle l'avait gardé, comme un poids dont on ne parvient pas à se débarrasser.

— Et toi ? Tu ne m'as pas parlé de toi…, fit-elle à Emma, pour se tourner vers l'avenir.

Emma se rembrunit, une enclume sembla tout à coup lester sa poitrine. La première étape des révélations était terminée, il fallait maintenant passer à la seconde. Celle que la jeune femme redoutait depuis qu'elle avait posé le pied aux Cinq Marmottes.

— Tu vas avoir un bébé…, l'aida sa grand-mère.

— Ah, oui, un bébé…, articula Emma en fixant son ventre comme si elle venait tout juste de comprendre qu'elle était enceinte.

— C'est bien, ça, un bébé, répondit-elle seulement, attendant manifestement que sa petite-fille trouve les mots pour s'exprimer.

Emma prit une grande inspiration.

— Il n'a pas de papa…

Hélène arqua un sourcil étonné qu'elle compensa immédiatement par un air amusé.

— Ça vaut parfois mieux…

— … mais il a deux mamans ! la coupa Emma sans oser regarder la vieille femme.

C'est dommage, elle aurait dû. Parce qu'elle se serait alors rendu compte que les yeux d'Hélène étincelaient de bonheur.

29

Cela faisait plus de deux heures que Romain déambulait dans sa chambre, incapable de rester tranquille. Ce n'était évidemment pas la lombalgie qui l'avait poussé à s'éloigner de Fanny, c'était la peur de prendre une décision. Une mauvaise décision. Et il avait vu dans le regard de Fanny qu'elle n'avait pas été dupe de son excuse.

La vérité était qu'il était en train de tomber fou amoureux de cette aide-soignante. Auprès d'elle, il se sentait bien, formidablement apaisé. Lui qui éprouvait les plus grandes difficultés à trouver sa place dans le monde avait pour la première fois l'impression que sa place était là, à ses côtés. Il n'avait jamais senti une telle complicité avec qui que ce soit. Ils ne se connaissaient que depuis quelques jours, et pourtant, il n'imaginait plus sa vie sans elle. Les âmes possédaient-elles plusieurs existences ? Aujourd'hui, il y croyait. Car comment, sinon, expliquer l'évidence qui le frappait dès qu'il était à proximité de la jeune femme ?

Et puis, elle était si belle, ce soir. Si poignante, si troublante. Il en avait oublié Carole. Jusqu'à ce que ce vendeur de sanitaires lui rappelle qu'il n'était pas libre. Alors il avait préféré s'éclipser. Et souffrir en espérant que le temps lui offrirait l'oubli et la consolation nécessaires pour qu'il puisse retrouver son quotidien pépère, fait de petites mondanités et de grandes compromissions.

Et puis, il avait entendu toquer à la porte.

Trois coups timides, presque inaudibles, lancés contre la porte de sa chambre, accompagnés d'un murmure :

— C'est Fanny…

Il se releva, le cœur au bord des lèvres, essuya ses mains moites sur ses cuisses, s'achemina vers la porte, saisit la poignée, l'abaissa lentement, ouvrit.

Fanny se tenait devant lui. Son chignon s'était quelque peu défait, des mèches pendaient le long de ses joues. De discrètes coulures parcouraient ses paupières. Avait-elle pleuré ?

Il eut subitement envie de la prendre dans ses bras, de la serrer contre lui, de lui promettre que tout irait bien, qu'ils seraient heureux jusqu'à la fin des temps, que rien ni personne ne pourrait se mettre en travers de leur route. Mais il se retint, évidemment.

— Je vous dérange ? demanda-t-elle dans un filet de voix ténu.

— Non…, répondit-il en s'écartant de l'embrasure pour la laisser pénétrer à l'intérieur de la pièce.

Elle s'engagea dans la chambre. Dans un silence pesant.

— Et votre dos, ça… ?

— Ça va… ça va mieux… merci…

— Ah… tant mieux…

Le silence, à nouveau, plombant, désarmant. Et le trouble qui progressait encore.

— Je suis navré pour le dîner, c'était…

— Votre dos, oui, je sais...

— Ouais, mon dos...

Dehors, le vent s'affolait et claquait contre le carreau.

— Voilà voilà..., fit la jeune femme pour ne pas laisser ce fichu silence s'installer.

Comment se pouvait-il qu'une gêne aussi féroce prenne le pas sur tout ce qu'ils avaient partagé ces deux derniers jours ?

— Écoutez Fanny, je suis désolé si je... Enfin, je ne voulais pas vous faire de la peine... Je ne sais pas si je vous en ai fait, d'ailleurs, peut-être que non, sûrement que non... Mais si c'est le cas, ce n'était pas volontaire... Eh merde, je suis complètement nul, lâcha-t-il enfin en s'affalant sur le lit.

Fanny s'installa à côté de lui. Les jambes croisées, le dos droit, les mains crispées.

— Je ne vous trouve pas nul...

— Vous devriez.

— À vrai dire, développa Fanny en rougissant, je vous trouve même plutôt doté de pas mal de qualités...

Romain sourit tristement.

— Ça, c'est parce que vous êtes une optimiste...

— Je suis tout sauf une optimiste, répliqua la jeune femme d'un ton sec en fixant une minuscule fissure qui courait sur la plinthe. Je suis sans doute la fille la plus pessimiste du monde, la plus triste, la plus morne aussi et la plus rabat-joie...

— La plus merveilleuse...

Il frôla sa main. Fanny s'accrocha à ses doigts, les yeux obstinément amarrés aux aspérités dérisoires de la chambre.

— Fanny, s'il vous plaît...

Elle dirigea son regard vers lui, lentement.

Pendant une seconde, chacun se perdit dans les yeux de l'autre. Une seconde providentielle suspendue entre deux rives. Le jeune homme finit par baisser les yeux, écrasé par sa propre peur. Fanny lui vola un baiser, léger, fragile, pudique, avant de s'excuser tout de suite après, dans un souffle.

— Pardon, je n'aurais pas dû…

La seconde suivante, ils s'embrassaient.

Peu à peu, une intruse s'immisça dans la tête de Romain.

Carole.

— Je ne peux pas… Je suis marié, pardonne-moi…

Fanny n'insista pas.

— Je comprends.

Oui, Fanny comprenait qu'il était un type bien, trop bien pour tromper sa femme. Et ça la déchirait. Elle aurait préféré un salaud. Ça lui aurait donné une raison de le détester de lui avoir donné à croire qu'une renaissance était possible.

Mais, se morigéna-t-elle, de quel droit le poussait-elle à faire exploser son couple ? Qui était-elle pour venir semer la zizanie dans la tête de cet homme ?

Elle se leva sans un mot, défroissa sa robe, attrapa ses escarpins, ne les enfila pas, se trouva pathétique, trouva en fait toute cette histoire assez pathétique, et s'enfuit.

Oh, pas loin, juste derrière la porte qu'elle venait de claquer. Là, elle glissa sur le sol, pleura sans verser une seule larme. Et pria pour que cette porte s'ouvre à nouveau.

De l'autre côté de la porte, Romain, torse nu, serrait les poings, tête baissée.

— Et merde, fait chier, quel con ! rugit-il, en colère contre lui, contre sa lâcheté, contre ce qu'il venait sans doute de perdre, contre ce qu'il faisait subir à cette femme formidable qu'était Fanny, contre cette deuxième chance que lui offrait la vie et qu'il n'était même pas fichu de saisir.

30

Pendant qu'à l'étage, une simple porte séparait Fanny et Romain, une autre scène se jouait au rez-de-chaussée, dans les appartements d'Hélène.

— Je vais être arrière-grand-mère…, prononça-t-elle, les yeux inondés de larmes.

À son âge, elle n'attendait plus grand-chose de l'existence. L'avenir n'était même plus un souvenir ; c'était, au mieux, devenu un concept. Et voilà cette jeune femme, belle comme le jour, qui apparaissait et lui donnait une raison de vivre quelques centaines d'années supplémentaires, le temps de voir grandir un petit bout de chou tombé du ciel.

Croyant sans doute qu'Hélène n'avait pas entendu, Emma répéta :

— Deux mamans, pas de papa, vous… tu comprends ce que ça veut dire ?

— Je suis vieille, certes, mais pas sénile, lui répondit affectueusement sa grand-mère. Bien sûr que je comprends ce que ça signifie. Et puis quoi ? Est-ce que c'est si important ?

— Non, bien sûr, mais je ne voudrais pas qu'il y ait de malentendu.

Hélène sourit.

— Tu n'as pas besoin de la bénédiction d'une marmotte déplumée comme moi. Tu n'as d'ailleurs besoin de la bénédiction de personne pour vivre comme tu l'entends.

— Dommage que Maman ne soit pas du même avis, soupira tristement Emma.

— Christine n'a jamais été très compréhensive. Mais je suis certaine qu'elle finira par s'y faire. Ta mère est têtue, mais c'est quelqu'un de bien, je le sais, je l'ai fabriquée. Et l'autre maman, dis-moi, comment est-elle ?

— Mais tu la connais ! C'est Kate, elle est avec moi !

— Ah mais, oui, bien sûr, quelle andouille je fais ! Tu ne veux pas l'inviter à boire quelque chose avec nous ? Et puis, ça la sauvera des griffes de ce Franck des cabinets machins !

Elles rirent de bon cœur.

— Si ça se trouve, il est en train de lui faire les yeux doux ! gloussa Emma.

— Ou de la demander en mariage ! renchérit Hélène.

— Je suis sûre qu'il va essayer de la convaincre à coups de distributeurs de savon gratuits.

— Dépêche-toi d'aller la chercher, il pourrait bien en plus ajouter des rouleaux de papier toilette. Il est capable de tout !

Elles s'esclaffèrent. Les larmes de rire se mêlaient aux larmes de joie de s'être enfin trouvées. Sans crier gare, Emma enlaça soudain la vieille femme, susurra un « Merci » qui venait de très loin.

— Vas-y vite, je sors l'absinthe, balbutia cette dernière, des trémolos dans la voix.

— L'absinthe ? Si tu as une tisane, ce serait sans doute plus indiqué vu mon état...

— Une tisane ? s'indigna allégrement l'hôtelière. Une tisane... Ah, la jeunesse... Je vais tâcher de te dégoter une camomille ou une verveine puisque tu tiens vraiment à droguer ce pauvre enfant.

Et elle lui décocha un clin d'œil.

Emma s'envola.

*

Vingt minutes plus tard, Hélène, Kate et Emma buvaient en bavardant gaiement. Elles évoquèrent le bébé, parlèrent sérieusement, blaguèrent beaucoup, se gaussèrent énormément. Emma servait de temps en temps de décodeur à Kate, et Hélène n'en finissait plus de se tordre de rire en entendant les expressions imagées utilisées par la Canadienne qui, de son côté, mettait un point d'honneur à épuiser son dictionnaire pour amuser la galerie.

Elles firent des projets, se jurèrent de ne jamais plus se quitter vraiment, évoquèrent les autres personnes présentes à l'hôtel, se promirent de faire leur possible pour que tout le monde soit aussi heureux qu'elles l'étaient à ce moment-là. D'ailleurs, à ce propos, Kate leur soumit une idée...

Bref, ce fut une soirée mémorable, arrosée de spiritueux dans des verres à liqueur et d'infusions dans des tasses en porcelaine. Une soirée de touchantes retrouvailles, de rencontres exceptionnelles. Une soirée passée en famille, en somme. On était le 23 décembre et l'esprit de Noël, s'il existait, semblait avoir frappé le petit intérieur d'Hélène.

D'ailleurs, pas très loin de là, dans le salon de l'hôtel, le sapin faisait le fier, exhibant ses épines vigoureuses sous les boules et les guirlandes luminescentes qui clignotaient à plein régime.

Dommage qu'il ne puisse pas irradier jusqu'au premier étage…

31

Dommage, en effet, qu'il ne puisse pas traverser le plafond et apporter un peu de bonheur au premier étage…

Le premier étage où Fanny se résolut enfin à regagner sa chambre. Romain ne l'avait pas rattrapée, il n'avait pas rouvert la porte, c'était sûrement mieux ainsi. Dans quelle histoire pitoyable se seraient-ils embarqués, autrement ? Devenir la maîtresse d'un homme marié, être celle qui attend, qui excuse, qui feint de croire, celle à qui on aurait sans arrêt promis de divorcer bientôt ? Non merci, très peu pour elle. Sa vie était déjà assez compliquée, entre son boulot, ses heures de transport, son découvert à la banque dès le 15 du mois, son obligation de jongler entre tous ses impératifs. Et puis, il y avait l'éloignement : il habitait près de Besançon, elle était en banlieue parisienne. À la tristesse navrante d'avoir une liaison avec un homme marié, il aurait aussi fallu ajouter les difficultés d'une relation à distance ? Non, vraiment, ça valait mieux ainsi. Pour eux deux. Quant à la douleur, elle guérirait. On guérit toujours. Ou presque.

Après tout, ce type n'était rentré dans sa vie que depuis quelques heures. Il pouvait bien en sortir aussi sec, non ? Elle était ridicule. Comme d'habitude.

Elle marqua une pause devant la porte de sa chambre et lâcha un dernier regard désolé vers celle de Romain. C'est là qu'elle aperçut Lucien. Le vieil homme, assis sur un tabouret et adossé contre le mur, la scrutait en taillant un morceau de bois avec un petit couteau pointu.

— Bonsoir, se crut-elle forcée de dire.

— 'soir, répondit l'autre en enfonçant la pointe de sa lame contre le pauvre bout de bois.

Elle sentit son palais s'assécher ; décidément, ce gars patibulaire dégageait une énergie peu rassurante. Elle ne s'attarda pas ; pour l'heure, elle avait d'autres chats à fouetter ou, plus exactement, d'autres souffrances à calmer.

Elle appuya discrètement sur la poignée. Michèle avait dû coucher les enfants.

La pièce baignait dans une lumière dorée, douce, et en effet, les enfants dormaient paisiblement. Lilou était endormie près de Tom, un livre ouvert sur la couverture. Les respirations du frère et de la sœur s'entremêlaient, la couverture montait et descendait en suivant le rythme régulier de leur petite poitrine.

Cette scène touchante arracha un léger sourire à Fanny, sans pour autant parvenir à chasser la tristesse qui nouait sa gorge. Une seconde, elle se demanda si elle ne devait pas déplacer Lilou, pour qu'ils dorment mieux. Elle choisit finalement de les laisser ensemble pour ne pas briser la grâce de l'instant.

Elle ajusta la couverture, reborda le lit, se pencha tour à tour sur le front de ses deux enfants et se dirigea vers la lampe de chevet. Au moment d'appuyer sur l'interrupteur, son regard fut attiré par une feuille de papier abandonnée sur la table de nuit.

C'était un dessin, quatre personnages ébauchés au feutre bleu. Une maman, une fillette, un petit garçon, un papa. Au fond, des montagnes. Et un caribou.

Elle se pinça les lèvres pour tenter de fermer les vannes des pleurs qui grondaient à l'intérieur, écrasa la feuille contre elle, éteignit la lumière, s'écroula sur le matelas et pleura en silence sur le dessin.

Détrempés, les personnages se diluaient. Bientôt, il ne resta plus que des fleurs d'eau sur un papier troué par l'humidité. Et des sanglots étouffés par l'oreiller. Des larmes qu'elle s'était interdit de verser depuis une éternité.

Son nez bouché entravait désormais sa respiration. Elle quitta son lit pour se rendre dans la salle de bains et se moucher. Éclairée uniquement par la Lune, elle ne distinguait pas grand-chose. Son pied buta sur un objet. Elle retint un juron, se baissa et s'empara de l'obstacle. Elle reconnut son kit à tricot.

Avec rage, elle le balança dans le coin où se trouvait sa valise avant de regretter son geste. Elle le récupéra aussitôt, appuya sur l'interrupteur de la salle de bains et ferma délicatement la porte pour ne pas gêner les enfants. Là, elle croisa son reflet froissé dans le miroir. Elle se jugea affreuse et lamentable, avec son maquillage dégoulinant, ses cheveux collés sur son front, son nez cramoisi, les bretelles tombantes de cette robe qui ne lui appartenait même pas et le goût des baisers passionnés du jeune homme encore sur la bouche.

Elle souffla dans une feuille de papier toilette avec un bruit de trompette obstruée et fouilla dans le sac en toile. Elle en sortit la moitié du bonnet entamé la veille, ce bonnet qu'elle avait eu l'intention d'offrir à Romain. Cela avait-il le moindre sens aujourd'hui ? Autant tout foutre en l'air.

Elle retira méticuleusement les aiguilles, tira sur le fil de laine et commença à détricoter son ouvrage. Une maille après l'autre, un rang après l'autre. Subrepticement, le sourire de Romain se superposa à l'agonie du bonnet. Sa gentillesse aussi, et la manière avec laquelle il lui avait redonné foi en l'existence, même si cela avait été pour la lui reprendre juste après. Elle repensa au froid qu'il n'avait pas hésité à braver pour rechercher Tom et Lilou, à la chaleur qu'elle avait ressentie à ses côtés, aux fous rires qu'il avait mis dans les yeux de ses enfants, aux papillons qu'il avait fait renaître dans son ventre et son cœur.

L'envie de détruire le bonnet s'envola.

Elle le lui offrirait, en gage de sa gratitude. Et peut-être qu'ainsi, osa-t-elle espérer tout en se rabrouant, il se rappellerait un peu d'elle...

Alors, elle y passa une bonne partie de la nuit, assise sur le linoléum froid, le dos calé contre la paroi de la baignoire, les genoux relevés sous sa robe de soirée.

*

Ainsi se déroulèrent les heures qui suivirent : pendant que d'un côté, certains s'endormaient dans un sourire, les lèvres brillantes d'une liqueur sucrée ou d'une camomille au miel, d'autres veillaient, les bras croisés derrière la tête et la saveur amère d'un immense gâchis au fond du palais pour l'un, la nuque courbée sur son ouvrage et la conviction que l'amour n'était plus qu'un souvenir pour l'autre.

Et, entre tous ceux-là, il y avait aussi un représentant de commerce, compétiteur dans l'âme et passé maître, lors de ce 23 décembre, dans l'art subtil des ruminements.

Parce que voilà, Franck avait vu la robe que Fanny avait revêtue. Il avait vu les regards que la jeune femme et Romain se lançaient.

Or, Franck n'aimait pas perdre. Et il n'était pas content.

32

Tom s'éveilla le premier. Vêtu de son pyjama rouge à l'effigie d'*Iron Man*, il se tourna vers sa sœur encore endormie et se remémora d'anciennes recommandations d'Arlette : « Ne réveille pas ta sœur. » Il soupira, s'amusa à faire des bulles avec sa salive, gigota un peu histoire de voir si cela n'avait pas un effet sur sa frangine, se lassa d'attendre, se redressa avec précaution, observa sa maman dont il ne distinguait que quelques mèches éparses par-dessus la couette, éprouva l'envie d'aller aux toilettes, s'y rendit, oublia de tirer la chasse d'eau et, parce qu'il en avait marre de s'ennuyer, pensa s'engager hors de la chambre dans l'espoir de trouver quelqu'un ou quelque chose pour s'occuper. Il n'était pas très fier, il savait que sortir sans autorisation était proscrit.

Il enfila ses pantoufles poilues qui avaient un jour ressemblé à deux lapins et se dirigea vers la sortie. Discrètement, il ouvrit la porte, avant de la repousser *illico*, le cœur cognant à tout rompre dans sa poitrine. Des pas pressés traversaient le couloir et se rapprochaient. La curiosité piqua l'enfant. Il glissa un œil dans l'espace étroit entre le pêne et la gâche et surveilla celui qui venait de s'arrêter devant la chambre d'à côté.

Dissimulé dans l'embrasure, il observa l'homme et le vit se pencher pour ramasser ce qui, de là où il était, ressemblait à un petit paquet tout blanc et tout mou. Il le regarda ensuite reposer l'objet, repartir dans l'autre sens, puis revenir sur ses pas, saisir à nouveau ce paquet, lire l'inscription qui s'y trouvait, soulever un pan du papier pour voir ce qu'il y avait à l'intérieur, déchirer le morceau où se trouvait le message, prendre un stylo dans une de ses poches en grommelant, une carte aussi, recopier quelque chose sur le pauvre paquet, s'emparer de son portefeuille, en extraire un carnet de timbres – enfin, si Tom racontait, il appellerait plutôt ça des autocollants rouges –, en coller deux, reposer le paquet et, enfin, descendre l'escalier comme si de rien n'était.

Il est bizarre, le monsieur des chaînes, songea Tom avant de prendre son courage à deux mains et de s'engager également dans le couloir. Il jeta un bref coup d'œil au paquet désormais affublé de quelques lignes écrites au stylo-bille bleu, de deux timbres et d'un petit trou. Il rejoignit ensuite les marches, espérant que le buffet serait déjà dressé et salivant à l'idée d'engloutir un pain au chocolat tout chaud. Ou deux, ou dix tant qu'à faire, puisque sa maman ne serait pas là pour l'avertir qu'il finirait par avoir mal au ventre.

Parvenu au rez-de-chaussée, le petit garçon fut irrésistiblement attiré par le sapin de Noël qui scintillait au fond du salon. Le ballet des lumières relégua la promesse d'une ventrée de viennoiseries au second plan des pensées de l'enfant. Ce dernier effleura les boules chatoyantes au relief tantôt lisse tantôt rugueux, suivit la trajectoire de deux ou trois guirlandes, arracha une épine, juste pour voir si ça piquait.

Et ça piquait.

— Aïe ! s'exclama-t-il en retirant son doigt d'où s'échappait une minuscule goutte de sang.

Son geste brutal avait fait vaciller le sapin. Une boule s'écrasa aux pieds du garçonnet dans un bruit de verre brisé. Des éclats verts, rouges et argentés brillaient au sol et sur les pantoufles qui n'avaient plus la forme de lapins depuis un bail.

— Qu'est-ce que c'est que ce cirque ? tonna une voix.

Le gamin pris en faute sursauta. Face à lui se déployait la silhouette immense de Lucien, sombre dans le contre-jour. L'homme avait surgi de nulle part. Comme aux aguets en permanence, il semblait toujours prêt à fondre sur une proie.

— J'ai pas fait exprès…, se justifia d'une voix blanche un Tom apeuré.

Tout à coup, deux mains se posèrent sur les épaules tremblantes de l'enfant.

— Ce n'est rien du tout, mon grand, prononça Hélène, ne t'inquiète pas.

La douceur de son intonation contrastait avec les éclairs de son regard, destinés à Lucien. Celui-ci souffla, grogna quelques paroles dans lesquelles se détachaient nettement les mots « mioche », « gâté », « pas croyable », « éducation » et, au grand dam de Tom qui en trembla de plus belle, « tuer ». Le vieillard traîna ses grosses chaussures sur le parquet qui émit des grincements lugubres tandis que, vexé et effrayé, le petit garçon remontait dare-dare se lover contre le corps chaud de sa maman.

*

Hélène interpella Lucien avant qu'il disparaisse.

— Et alors ? lui chuchota-t-elle d'un air inquiet.

Le vieil homme secoua la tête.

— Non, raté.

Hélène prit une longue inspiration.

— J'imagine qu'on ne peut pas gagner à tous les coups…

Le mugissement d'un moteur pétarada soudain dans le calme du petit matin.

33

Franck était arrivé le premier dans le restaurant. Il était encore tôt. Le soleil éclaboussait la pièce, et le ciel, qu'on apercevait derrière les vitres, coiffait les pins alentour d'une couronne d'azur. C'était beau, tout ce jaune et tout ce bleu.

Le représentant de commerce sifflotait. Il avait revêtu un pull de Noël. Sa mère le lui avait tricoté. Alors, pour une fois, il s'était dit qu'il pouvait tomber la cravate et enfiler quelque chose d'un peu plus convivial.

Au milieu de cette lumière, Laurine dressait les tables en vue du petit déjeuner. Elle chantonnait une mélodie triste tout en poussant un chariot sur lequel s'empilaient des verres, des couverts, des tasses, des assiettes et des serviettes rouges. Elle se déplaçait lentement, la mine chafouine ; elle paraissait d'humeur maussade.

Franck la trouva jolie, avec sa figure tristounette. Un peu « montagnarde » avec son teint de pivoine, mais jolie. Il lui proposa donc son aide. Aucune femme ne résistait à un peu de galanterie. Mais elle refusa.

— Non merci, asseyez-vous. Ça vous ennuie d'attendre encore cinq minutes pour votre café ?

— J'insiste, mademoiselle, laissez-moi vous donner un coup de main. À deux, nous irions plus vite.

Laurine haussa les épaules. Bof, si ça lui faisait plaisir de mettre la table, pourquoi s'en priver. Compte tenu de ce qu'il s'était passé la veille, elle n'avait pas tellement la tête à travailler ce matin.

Comme presque tous les soirs après le service, Kevin et elle s'étaient rejoints. Depuis l'avalanche qui empêchait tout accès à la route, il venait la récupérer un peu plus loin pour ne pas gêner les clients avec le tapage du moteur de la motoneige au beau milieu de la nuit. Mais voilà, entre la serveuse et l'employé de l'épicerie-poste-bistrot, tout allait de mal en pis : la fréquence de leurs disputes augmentait, tout comme leur intensité. Elle le soupçonnait de flirter avec cette pimbêche de Diane, la fille du plus gros loueur de skis de Lons-le-Saunier. Une semaine auparavant, elle avait découvert un échange de messages qui portaient à confusion en fouillant dans son portable – ce dont elle n'était d'ailleurs pas très fière. Elle avait bien remarqué qu'il n'avait pas répondu aux avances de cette grande gigue – *cela dit, on n'est jamais sûr de rien* –, mais elle restait convaincue que, s'il ne lui avait pas parlé de lui-même de l'échange de SMS, c'est bien qu'il y avait anguille sous roche. Et elle craignait que l'anguille soit justement celle de son Kevin. Depuis, elle voyait le mal partout, et lui s'évertuait à la rassurer. Mais c'était sans compter sur l'extrême jalousie de Laurine, que de simples paroles ne suffisaient plus à endiguer.

La veille donc, Laurine était parvenue à remettre les pieds dans le plat et le sort de cette pauvre Diane dans la fondue. La jeune serveuse s'était d'ailleurs révélée sacrément douée à ce jeu-là : elle réussissait à détourner n'importe quel sujet de conversation et à faire invariablement bifurquer la discussion vers la fille du loueur de skis. Kevin avait tenté, pour la énième fois, de lui expliquer que Diane était certes mignonne, certes sympa, mais qu'elle n'était rien de plus à ses yeux, que c'était d'elle qu'il était amoureux. Trop tard, le mal avait été fait, ou plutôt dit : de ce déluge d'arguments, Laurine n'avait retenu que le « Diane mignonne » et le « Diane sympa », et cela avait suffi à déclencher une bataille mémorable. Claque (encore), cris (toujours), elle avait menacé de tout arrêter là puisque, de toute façon, il n'avait d'yeux que pour l'autre et qu'il n'avait même pas le cran de le lui avouer. Cette fois, Kevin avait perdu patience.

— Bien, lui avait-il répondu, cette fois c'est bon, on stoppe.

Pour finir, elle s'était fait larguer par le garçon dont elle était éperdument amoureuse. Laurine sans son Kevin, c'était comme une montagne sans torrent, un groupe sans guide, une raclette sans charcuterie : c'était bancal.

D'ici peu, il arriverait. Et elle allait devoir faire bonne figure si elle voulait lui faire regretter sa décision. Ou au contraire se cacher pour qu'il ne voie pas à quel point leur séparation l'avait ébranlée. En l'occurrence, sa stratégie n'était pas encore arrêtée.

Et voilà l'autre représentant de commerce qui venait manifestement de décréter qu'il était temps de passer à l'action. Après s'être fait gentiment évincer par Fanny puis par Kate, il tentait le coup avec elle. Des lourdauds, elle en avait croisé au cours de sa courte carrière de serveuse. Mais là, on était sur du haut niveau, un champion. Le type draguait comme on lance une boule de bowling, sans visée mais avec de l'élan. Un Cupidon un peu dingue qui tire ses flèches en l'air en espérant que l'une d'elles atteigne une cible, quelle qu'elle soit.

Elle regarda le docteur ès chiottes s'affairer à mettre la table à sa place en lui lançant des sourires en coin. Elle les trouva grotesques. Oui, de tous les types qui avaient essayé de la draguer, et il y en avait eu un paquet, celui-là était sans doute le plus tapé. Pas méchant pour deux ronds, cela dit. Mais le genre de type convaincu que subtil, c'était une marque de parfum.

Et puis, d'où sortait ce pull abominable ? Sans doute un truc tricoté avec amour mais sous acide – *quelle idée de faire un lutin avec une tête de Chucky ?!*

— Et maintenant, on fait quoi ? demanda-t-il lorsqu'il eut terminé. Il y a peut-être des choses à préparer, je vous accompagne dans la cuisine, si vous voulez… J'ai toujours adoré préparer les œufs brouillés, surtout le matin pour une jolie fille. Je suis certain que vous aimez les œufs brouillés…

— Nan, je déteste les œufs, le matin. Surtout brouillés.

— Ah ? Bon…

Le bruit d'un moteur enfla à l'extérieur et se faufila jusqu'aux tympans de Laurine, qui se raidit. Le moment tant redouté de la confrontation était arrivé. Sans demander son reste, elle sortit. Franck et son pull lui emboîtèrent le pas.

La motoneige de Kevin était encore à bonne distance quand ils arrivèrent sur le pas de la porte.

*

Kevin était en colère. Contre Laurine qui refusait de lui accorder sa confiance, contre Diane qui aurait pu éviter d'envoyer ces messages tendancieux, contre son patron qui l'avait obligé à enfourcher sa motoneige pour se rendre aux Cinq Marmottes comme tous les matins. Et sa fureur augmenta d'un cran lorsqu'il aperçut, à travers la visière de son casque, l'espèce de blaireau qui accompagnait Laurine. Elle n'avait pas perdu de temps ! Si elle espérait le rendre jaloux, c'était gagné, il crevait littéralement de jalousie.

Il passa à la vitesse supérieure. Sa motoneige mugit en crachant tout autour des gerbes de neige. Quand il arriva à hauteur de Laurine qui le regardait d'un air de défi et qu'il entendit le type à côté d'elle lui demander d'une voix forte si elle était plutôt tartines au Nutella ou croissants vu qu'elle n'aimait pas les œufs, il ne vit plus rien d'autre que son courroux. Sans prendre la peine de couper son moteur ou de retirer son casque, il se leva de son engin et colla son poing recouvert d'une moufle dans le museau du représentant.

— Oh, mon Dieu ! se récria Laurine, en se penchant sur le pauvre commercial. Ça va pas la tête ?

Kevin enleva son casque et le jeta à terre.

— Alors, quoi ? T'en peux déjà plus ? beugla-t-il à l'attention du vendeur.

Puis, s'adressant à Laurine :

— T'aurais pu en prendre un qui tienne un peu la distance, Lau, fit-il en secouant sa main endolorie.

Il retira sa moufle, s'assura que ses doigts bougeaient encore. Son index était en train de prendre une drôle de forme.

La jeune femme sourit, malgré elle. Kevin n'avait pas hésité à se battre pour elle. C'est donc qu'il l'aimait encore.

34

Romain avait cogité une partie de la nuit, perdu dans le marasme de ses regrets et de ses remords.

Aimait-il encore Carole ? Non. Il éprouvait de la tendresse pour elle. Un peu. Pas toujours, à vrai dire. De moins en moins, en fait. Mais il lui avait juré fidélité et il était loyal. S'enliser dans le mensonge n'était pas un chemin qu'il désirait emprunter. Ça ne lui ressemblait pas. Il ne savait pas s'il était quelqu'un de bien, mais il lui était impensable, intolérable même, d'être un de ces types qui trompaient leur femme sans éprouver le moindre scrupule. Il ne savait pas mentir. Alors voilà, les questions étaient claires : était-il oui ou non prêt à tout quitter ? Ne risquait-il pas de faire encore plus de mal à Fanny ? Fanny n'avait-elle pas assez souffert ? Voudrait-elle de lui après la scène de cette nuit ?

Il était paumé.

Quand il se décida à sortir de sa chambre, il découvrit un paquet devant sa porte. Surpris, il lut l'adresse de l'hôtel, son prénom juste en dessous, remarqua les timbres, nota qu'il était un peu abîmé. Il le retourna, remarqua qu'un des coins avait été légèrement ouvert et qu'un petit morceau de l'emballage avait été déchiré, sûrement dans le transport.

Il rentra dans sa chambre et regarda par la fenêtre. La motoneige désormais familière était là, juste en dessous.

L'expéditeur ne faisait aucun doute : Carole, lassée de ne pas avoir de ses nouvelles, s'était arrangée pour lui faire parvenir un objet à la hauteur de sa frustration. Qu'est-ce que son épouse pouvait bien lui avoir envoyé ? Un parfum « Sent-bon-la-loose » ? Un trophée « Champion du monde de la médiocrité, mention spéciale : Absence remarquée » ? Il craignait le pire.

Il arracha le paquet sans conviction. Un bonnet.

Se pouvait-il que Carole se fût inquiétée du froid qui régnait dans cette montagne ? Se pouvait-il que sa femme eût décidé de passer outre son énervement à l'idée de passer un autre réveillon que celui qui était prévu pour *enfin* s'inquiéter pour lui ?

Il enfila le bonnet, convaincu que cette marque d'attention arrivée pile au moment où il doutait était un signe salutaire.

Carole était là, elle comptait sur lui, elle pensait à lui, en dépit de leurs désaccords. Quant à Fanny, elle lui plaisait, elle lui plaisait même énormément, mais non, impossible, il y avait Carole…

*

Au matin, la jeune femme pressa ses enfants dans le couloir en les implorant de chuchoter. Elle ne voulait pas courir le risque de se retrouver nez à nez avec Romain, la gêne aurait été trop forte.

Tout en pressant le pas, elle décocha une œillade discrète vers le palier d'à côté et constata que le paquet n'y était plus. Son cœur bondit. Quelle réaction son cadeau avait-il suscitée chez le jeune homme ? Comme elle aurait aimé être une petite souris pour se couler, ni vu ni connu, dans les interstices… Au moins autant qu'elle aurait aimé se changer en autruche, histoire de pouvoir s'enterrer dans le sol lorsqu'elle le croiserait.

À la vue du sapin de Noël en bas, Fanny eut une pensée fugace pour Jean-Noël. Avec cette avalanche qui avait coupé les communications, elle n'avait aucun moyen de lui passer un coup de fil aux Tilleuls, ni à Nadia pour savoir comment il se portait. Ça la rendait malade. Il fallait dire que, durant ces dernières heures, Romain avait accaparé son esprit, comme une parenthèse enchantée. La réalité reprenait désormais ses quartiers, avec tout ce qu'elle comportait d'incertitudes, de peur et de tristesse.

Sans appétit, elle faisait mollement le tour du buffet, à peine troublée par le manège de Laurine et Hélène occupées à appliquer de la glace sur le nez amoché de Franck, sous l'étroite surveillance de Pierre.

Michèle se glissa près de Fanny et, après avoir embrassé les deux enfants, répondit à la question que la jeune femme n'avait pas posée.

— Il y a eu du grabuge, ce matin, commença-t-elle. C'est le petit ami de Laurine. Il n'a pas supporté que l'autre se montre trop insistant…

Fanny se força à sourire poliment.

— Il est vraiment relou ! intervint Lilou.

Fanny ouvrit de gros yeux et s'apprêtait à mettre son index sur ses lèvres pour signifier à sa fille qu'une telle réflexion était pour le moins impolie, quand un aboiement aigu s'immisça dans la conversation.

Un aboiement qui annonçait l'arrivée de Romain. Cheveux en bataille, cernes, barbe mal rasée. Fanny détourna vite les yeux et feignit une soudaine obsession pour les petits pots de confiture disposés en pyramide devant elle.

Michèle avait-elle perçu le manège de ces deux-là ? Toujours est-il qu'elle s'esquiva, entraînant à sa suite les deux enfants et son chien lampadaire.

— Fraise ? Abricot ? Crème de marrons ? demanda Romain en s'approchant de Fanny.

Des frissons coururent le long de la nuque de la jeune femme. Ses doigts se mirent à chercher un pot, n'importe lequel. Fruits rouges ou miel, tout était bon pour faire diversion et garder contenance.

— Orange, répondit-elle sans se retourner, la voix grêlée par l'émotion.

— Amère ?

Elle pivota.

— Plutôt, oui…

Il hocha la tête. Le jeu de mots n'était pas passé inaperçu. La connivence entre eux deux était incontestable. Le regard du jeune homme coula jusqu'au bonnet qu'il tenait dans sa main. Les yeux de Fanny en firent autant. Elle balbutia, sur un ton interrogatif :

— Il est… ?

— Très joli, oui.

Romain prit un air désolé. Il embraya :

— Un cadeau de Carole… Je ne pensais pas que… Ce n'est pas son genre mais il faut croire que…

Tandis qu'il s'embourbait, Fanny comprit la méprise dont le bonnet, son bonnet, était la victime. Et, plus encore, elle devina la reconnaissance que Romain éprouvait envers sa femme. Cela lui brisa le peu qu'il subsistait de son cœur éprouvé. Une demi-seconde plus tard, c'est l'incompréhension qui l'étranglait : elle avait signé pourtant, sous l'inscription « Merci pour tout ». Comment avait-il pu confondre ? Comment était-ce possible ?

— Bref..., conclut-il.

Bien sûr, elle eut envie de le contredire, de lui hurler que ce bonnet, c'était elle qui l'avait fabriqué, qu'elle y avait passé des heures au cœur de la nuit, que c'était pour le remercier, pour qu'il n'ait pas froid, aussi. Et qu'il pense un peu à elle, parfois... *Dis, tu ne m'oublieras pas, hein ?* Mais la vision de cet homme et de son bonheur d'avoir reçu un présent de sa femme l'en empêcha. Alors, elle s'effaça...

— La neige commence à fondre, articula-t-elle pour la forme. Les chasse-neige ne devraient plus tarder.

Et cette parenthèse se terminera.

Et je ne le verrai plus.

Et tant mieux tant mieux tant mieux.

Franchement, tu croyais quoi ?

Entre colère, tristesse et désillusion, elle prit la tangente, abandonnant Romain et son bonnet.

35

Lucien avait passé la matinée près de la radio. Lorsque la nouvelle de l'envoi des déneigeuses lui parvint, il s'empressa de la colporter auprès d'Hélène, qui se chargerait bien de l'annoncer à leurs hôtes. Hors de question pour lui de beugler à tue-tête. Déjà que tout était parti à vau-l'eau, on n'allait pas en plus claironner comme des pies-grièches en plein mois de mai.

Dès qu'elle fut mise au courant, Hélène acquiesça mollement. Les routes seraient dégagées avant la nuit et la vie, bientôt, reprendrait son cours. Le fiasco n'était pas total puisque Emma et Kate étaient là, et qu'un nouveau-né viendrait bientôt égayer son existence. N'empêche, est-ce qu'ils auraient pu faire plus ?

Elle réfléchit, ses yeux d'eau pétillèrent. Elle avait perdu une bataille, certes, mais pas la guerre ; elle avait une dernière carte à jouer.

Elle traîna ses chaussures jusqu'au petit salon où tout le monde était réuni et déclama, après avoir réclamé le silence :

— Les déneigeuses viennent de partir de la vallée. Si tout va bien, elles seront là ce soir aux alentours de dix-neuf heures.

On accueillit l'annonce avec un enthousiasme parcimonieux. Seules deux exclamations jaillirent : Tom envoya un « ouais » énergique – l'enfant supposait que les déneigeuses étaient une bonne nouvelle et, comme après toute bonne nouvelle, un « ouais » bien senti s'imposait – et Laurine lâcha un juron dont elle avala la dernière syllabe, incitée par les yeux noirs d'un Lucien qui n'aimait pas que la jeunesse jure en public. On devina malgré tout un « fait chier » (ou, plus exactement, un « faich ») : si les routes étaient de nouveau praticables, Lons-le-Saunier redevenait accessible. Cette fichue Diane allait donc pouvoir refaire du gringue en direct à son Kevin. Quoique, avec un père loueur de skis, ce n'était certainement pas la neige qui aurait arrêté cette nymphomane chronique – avouons ici que « nymphomane » ne fut pas le terme exact qui traversa son crâne. Aussi, nous comptons sur la sagacité du lecteur pour distinguer le mot véritable, en trois syllabes, que son esprit aboya et que la politesse nous pousse à taire.

Hélène hissa son regard jusqu'à la cime du sapin où étincelait l'étoile argentée, avant de continuer :

— Je sais que cette avalanche vous a obligés à modifier vos projets et qu'elle vous a tenus éloignés de vos proches pendant plusieurs jours. Il est vrai que la montagne nous apprend à rester modestes. C'est la nature qui fait la loi, ici… Enfin bon, pour vous remercier de votre patience et de votre compréhension, nous avons décidé de vous offrir une dernière nuit aux Cinq Marmottes et, bien entendu, un réveillon en bonne et due forme.

Michèle et Pierre échangèrent un sourire radieux, Franck songea qu'à tout prendre, un réveillon offert ne pouvait pas faire de mal, Kate posa sa paume contre le ventre d'Emma où elle sentit de petits coups vifs, Romain se sentit heureux de prolonger un peu l'état de grâce de cette semaine et de pouvoir profiter encore quelques heures de la présence bienfaisante de Fanny et de ses enfants. Sans compter qu'échapper à un réveillon avec la belle-famille n'était pas pour lui déplaire. Un sursis, en somme.

Fanny, quant à elle, ne sut trop quoi penser : elle ballottait entre deux envies contraires : celle de fuir et celle de rester. Telle une locomotive perdue devant un aiguillage, elle oscillait entre l'allégresse visible de ses enfants, enchantés par la perspective de passer la veillée de Noël ici, l'envie de prolonger son séjour auprès de Romain auquel elle ne parvenait pas à renoncer malgré ses efforts, et le besoin de retrouver Arlette et de chasser, loin d'elle, le plus vite possible, le chagrin d'amour qui était en train de lui dévorer le cœur. *De toute façon,* se dit-elle enfin, *à dix-neuf heures, il fera nuit.* Et conduire la nuit à la montagne, avec la trouille vissée au levier de vitesse et des chaînes pendantes sur les pneus, ne la réjouissait pas plus que ça. Il serait bien temps de prendre la route le lendemain. *Alors, d'accord, va pour le réveillon à La Marmottière.*

La perspective d'un retour tout proche alarma Tom.

— Mais les caribous ? On en verra quand ?

À la vue de ce petit bonhomme déçu de voir son rêve brisé, une tendresse générale gagna tout le monde.

— Ce n'est pas encore fini, le rassura Kate, il reste ce soir… On ne t'a jamais dit que tout est possible le soir de Noël ?

Les yeux scintillant d'espoir, le gamin se mordit la joue, tandis qu'Hélène murmurait quelque chose à l'oreille de Kate, qui hocha la tête.

— Et les communications ? questionna Michèle lorsque les sourires attendris se furent estompés. Vous pensez qu'elles seront rétablies d'ici peu ? J'aurais tellement aimé pouvoir passer un petit coup de fil ou deux…

Romain se redressa, se prenant à espérer que la réponse soit négative. Faire durer un peu, juste un peu… Hélène échangea un regard perplexe avec Lucien avant de prononcer :

— Sans doute demain, oui…

Les hôtes s'éparpillèrent. Lucien se rapprocha d'Hélène…

*

Pendant ce temps, à plusieurs kilomètres de là, dans cette fameuse petite pièce où flottait une odeur de brûlé et où s'empilaient les verres Duralex, un vieil homme terminait de boire son deuxième café. Il n'y en aurait pas de troisième, le médecin le lui avait formellement interdit, rapport à son cœur qui, soi-disant, n'avait plus l'âge de battre aussi vite.

Il jeta un regard triste à la cafetière quasi pleine. C'était quand même dommage de gâcher autant de café. Alors, il décida d'entamer un paquet de petits-beurre. Les gâteaux, il en était certain, sauraient contrebalancer l'effet du troisième café qu'il venait de décider de s'envoyer malgré tout.

Il grignotait les oreilles d'un biscuit quand, *vlan,* la porte s'ouvrit d'un coup sur son camarade. Celui-ci avança vers la cafetière, demanda si le café était chaud, prit un verre entre ses gros doigts, le renversa pour regarder le nombre inscrit en dessous, constata qu'il avait « deux ans » et rigola que, ce coup-ci, y avait aucune chance qu'il perde.

— Tu te rends compte que, fut un temps, celui qui gagnait c'était celui qui avait le plus grand nombre ? fit le premier, en croquant le dernier coin de son petit-beurre.

— Ouais. Comme quoi, c'est pas faux que les derniers seront les premiers. Faut juste de la patience. En parlant de patience, quand je me suis connecté tout à l'heure, j'ai vu un message de Nono qui voulait des nouvelles.

— Tu lui as répondu quoi ?

— Que c'était mal emmanché.

— C'est rien de le dire, maugréa le premier. Heureusement que je nous ai fait gagner un peu de temps. Tu as pensé à tout débrancher ?

— Tu me prends pour un lapin de trois semaines ?

36

Pendant qu'Hélène, Lucien et Laurine, aidés par Emma et Kate, s'activaient aux préparatifs de la fête, Fanny suivit mollement ses enfants sur l'unique piste de la station.

Elle avait la motivation d'une huître perdue sur un plateau de fruits de mer, entre un cadavre de gambas et une rondelle de citron. Elle avançait lentement en traînant derrière elle la lourde luge dont les freins se coinçaient dans la neige, et la cordelette dans les freins, l'obligeant ainsi à s'arrêter et à se baisser, sous les quolibets enjoués de Tom et Lilou.

Si Tom était bien trop petit pour comprendre la peine de sa maman, il n'en était pas de même pour sa sœur. Lilou, douée d'une perspicacité hors du commun et plus mature que la plupart des fillettes de dix ans – certains diront que son histoire de vie y était pour beaucoup –, avait saisi le malaise. Si elle s'efforçait de blaguer et de lancer des piques à sa maman, c'était dans l'espoir de la faire sourire, au moins un peu.

Fanny connaissait sa fille par cœur. Elle était sensible à ses efforts, mais elle n'arrivait pas à sourire vraiment. Pendant que ses *moon boots* crissaient sur la neige dure, dans sa tête tournaient en boucle les images de cette journée ensoleillée où Romain avait été là, près d'eux, pour leur offrir sa bonne humeur. Et, comble de malheur, il y avait eu cette malencontreuse histoire de bonnet et ce malentendu qu'elle n'avait pas eu la force de dissiper. Comment avait-il pu croire que le paquet était arrivé par la Poste ? Un paquet sans timbre, sans adresse… Et comment avait-il fait pour passer à côté du message qu'elle avait inscrit sur la feuille qui faisait office d'emballage ? C'était incompréhensible… Et, surtout, elle, comment avait-elle pu croire à une deuxième chance ? Tout en écrasant sa peine sous ses grosses chaussures, elle se promit qu'on ne l'y reprendrait plus. Plus jamais.

— Fanny ! appela une voix essoufflée, crevant le silence cotonneux de la montagne.

Elle s'arrêta net. Elle n'avait pas besoin de se retourner pour savoir qui l'avait hélée. Elle entendit les pas pressés, la respiration saccadée.

— Fanny, répéta Romain quand il fut à proximité. Je voulais te dire…

Elle baissa la tête avant de planter ses pupilles dans les siennes. Le contact de son regard hypnotique la fit tressaillir un bref instant – elle ne pouvait nier l'effet que cet homme lui faisait. Seul Sébastien avait eu ce pouvoir-là sur elle. C'est d'ailleurs pour ça qu'elle l'avait épousé. Parce qu'en quelques secondes, il savait effacer le reste du monde. Tout comme Romain…

D'ailleurs, à cet instant, la montagne disparut, ainsi que le ciel, les deux faucons pèlerins qui tournoyaient au-dessus d'eux, Les Cinq Marmottes en contrebas, la petite cabane adossée à la remontée mécanique, le type bizarre à l'intérieur. Il n'y eut soudain plus rien que son regard dans le sien.

Le cœur de la jeune femme battait à tout rompre. Elle pria pour que Romain ne remarque pas qu'elle était sur le point de lui sauter au cou pour ne plus jamais le lâcher. *Un moment d'égarement*, se répéta-t-elle, *juste un moment d'égarement...*

— Tu viens ? héla Tom en revenant sur ses pas, talonné par Lilou.

Fanny quitta les yeux du jeune homme, son regard s'attarda sur le bonnet bleu et violet qui recouvrait ses tempes et ses oreilles. Comme un gamin pris en faute, Romain enleva le couvre-chef et le comprima dans son poing. Les fibres du mohair dépassaient de ses doigts. Le nœud, dans l'estomac de Fanny, se resserra d'un seul coup. Les larmes montaient, c'était idiot, elle le savait, elle avait dépassé l'âge de pleurer comme une adolescente. Et puis, quelle allure avait-elle ? Qu'allait-il penser d'une femme incapable de se maîtriser ? C'était plus fort qu'elle...

Le plus dur, c'est qu'elle comprenait le marasme dans lequel Romain se débattait. À sa place, elle aurait peut-être choisi la même voie, elle ne pouvait pas lui en vouloir. L'animosité ne la consolerait même pas.

De son côté, Romain se sentait confus, honteux ; ce bonnet sur lequel Fanny avait posé son regard avait la forme d'un rempart infranchissable entre elle et lui. Et pourtant, comme il avait envie de la serrer contre lui, de sentir l'odeur de ses cheveux, la chaleur de sa peau, de lui dire tout ce qu'il ressentait ! Quelle ironie quand on y pensait : c'est au moment où il pensait avoir rencontré la femme de sa vie que son épouse lui montrait à quel point elle avait besoin de lui.

Fanny se tenait là, devant lui, forte et fragile à la fois, un peu maladroite, un peu trop, un peu pas assez, si belle, si bouleversante. Il réprima la bouffée d'amour qui menaçait de l'étouffer.

— Je suis désolé, vraiment, j'aurais voulu…

— Je sais… moi aussi…

Contre toute attente, elle se hissa sur la pointe des pieds et frôla ses lèvres d'un léger baiser. Bouleversé, ému, il saisit ses doigts gercés par endroits, sentit son épiderme froid, la réchauffa un instant, embrassa délicatement le dos de sa main.

— Pardonne-moi…, murmura-t-il.

— Jamais, s'étrangla-t-elle dans un doux sourire qui disait tout de la bénédiction qu'elle lui offrait.

Il lui rendit son sourire douloureux, recula, fit volte-face, s'éloigna le plus rapidement possible, s'enfuit en somme. Il n'avait jamais été plus amoureux qu'à cet instant.

Quand, tout à coup, un tremblement secoua la montagne…

37

Deux faucons pèlerins s'enfuirent en poussant des « ka yac ka yac » stridents, les cimes des sapins gigantesques tanguèrent, des flocons de neige s'envolèrent. Aussi, les cheveux se soulevèrent, les yeux se plissèrent, ceux de Fanny, de Lilou et de Tom, ceux de Romain, ceux de tous les autres, qui étaient sortis en entendant le grondement, hébétés.

Le vent augmentait, le vacarme aussi. Il devint assourdissant.

Les hôtes, médusés, scrutaient le ciel.

Soudain, le responsable du tumulte creva le ciel : un hélicoptère.

Comme un seul homme, Hélène et Lucien placèrent leur main droite en visière sur leur front tandis qu'Emma caressait son ventre pour calmer le bébé qui s'était mis à gigoter. Tremblotant dans les bras de Michèle, la queue basse, Monsieur Sécu alternait entre aboiements dissuasifs et couinements de soumission.

Incrédules, tous observaient l'énorme monstre se rapprocher, puis voler en stationnaire avant d'amorcer sa descente dans un indescriptible brouhaha, les contraignant à reculer pour ne pas se faire embrocher par les hélices tournoyantes de la machine.

Le moteur grondait encore quand le gigantesque hélicoptère gris, noir et blanc toucha le sol. Son flanc se souleva. Les tympans broyés par le tohu-bohu, tous retinrent leur souffle, suspendus à ce qui allait bien pouvoir sortir du ventre de l'animal en aluminium.

Puis les hélices ralentirent.

Ce fut le silence.

Un homme sauta à terre, les oreilles enserrées dans un casque d'aviation rouge, des lunettes de soleil opaques vissées sur le nez. Une fois en place, il posa un marchepied au sol, se retourna et tendit un bras qu'une autre personne attrapa sans manières.

Moulée dans une combinaison noire et jaune, les cheveux blonds tirés en arrière, de larges verres fumés qui laissaient deviner ses grands yeux.

Dès qu'il l'aperçut, Romain se rétracta instinctivement.

Carole…

Il la savait capable de tout…

Mais un hélicoptère, ça non, il ne l'avait pas vu venir.

Il écrasa le bonnet au fond de sa paume.

— Ah, te voilà ! lança-t-elle sur le ton de celle qui note simplement la présence d'une guêpe autour de son jus de goyave. Tu sais que j'ai cru mourir dans ce truc ? Franchement, à notre époque, comment on peut encore concevoir des sièges si inconfortables ! Bon, allez, on n'a pas beaucoup de temps, mais si on se dépêche, on pourra être à l'heure chez mes parents !

Abasourdi, Romain bredouilla :

— Mes affaires, elles sont…

— Ils te les renverront !

S'adressant à la cantonade à ceux qui les observaient, interdits :

— Les coursiers, ils viennent bien jusqu'à votre patelin ?

Personne ne répondit. Tous étaient bien trop étonnés pour pouvoir articuler trois mots. De toute façon, songea Romain, elle n'aurait pas écouté. Carole écoutait rarement. Elle imposait, elle décidait, elle dirigeait, mais écouter ne faisait pas partie de ses prérogatives.

— La voiture, elle…

— Plus tard ! répliqua-t-elle sèchement. J'enverrai quelqu'un la récupérer.

Elle sortit son téléphone, regarda l'heure qui s'affichait et souffla :

— Dépêche-toi, j'ai prévenu mes parents que nous aurions un peu de retard, mais il est hors de question que nous arrivions après tout le monde. Et je veux avoir le temps de repasser à la maison et d'enfiler une tenue décente…

Elle s'interrompit, dévisagea Romain qui se sentit rétrécir sous le poids de son imperfection et largua avec dédain :

— … et toi aussi, évidemment !

Fanny avait contourné l'hélicoptère pour voir ce qui se tramait. Un enfant dans chaque main, elle se tenait à quelques mètres de la femme qu'elle reconnut immédiatement.

Carole était fidèle au souvenir qu'elle lui avait laissé lorsqu'elle l'avait croisée aux Tilleuls, alors que Romain rendait visite à son grand-père.

Un mauvais goût envahit son palais pendant qu'elle assistait à la scène, bouche bée. Face à son épouse,

Romain devenait un enfant timoré, peu confiant et pas très solide. L'homme qui se tenait devant cette femme sortie tout droit d'une publicité pour un parfum Dior (*Sûrement Poison,* se dit Fanny) était à des années-lumière du Romain qu'elle avait appris à connaître ces derniers jours.

Appris à connaître, à apprécier.

À aimer...

D'un geste, Carole mit fin aux palabres et rentra à l'intérieur de la cabine de l'appareil.

— Alors, tu viens ? s'impatienta-t-elle en repassant une tête à l'extérieur.

Vaincu, Romain posa un pied sur la marche. Il chercha Fanny du regard, la trouva, s'attarda sur son visage qui exprimait tant de choses, sentit qu'il ne pourrait bientôt plus bouger s'il ne montait pas très vite rejoindre sa femme.

Il grimpa dans l'hélicoptère. La poitrine lacérée, le cœur en pièces.

Fanny resserra ses poings sur les doigts de ses enfants.

— Aïe, gémit Tom.

Mais elle ne l'entendit pas.

L'engin avait avalé le jeune homme contrit. La portière claqua sur les espoirs de la jeune femme. De nouveau, le moteur gronda, les hélices se mirent à tourner, de plus en plus vite, ébouriffant la neige alentour. L'hélicoptère s'éleva dans les airs. S'éloigna. Bientôt, il ne fut plus qu'un petit point à l'horizon et une vague rumeur dans la montagne.

Elle avait perdu Romain. C'était fini.

Lilou la poussa gentiment.

— Allez viens, Maman, tu vas attraper froid...

Mais, cette fois, une colère sourde, violente, s'était emparée d'elle.

— On s'en va ! lança-t-elle. Tout de suite !

*

À peine avait-il grimpé dans la cabine que le copilote tendit à Romain un casque équipé d'un micro.

— Pour le bruit et la communication, lui précisa-t-il.

Romain le garda en main quelques secondes avant de s'exécuter.

Il s'installa sur le siège qu'on lui indiqua. Son cœur se souleva en même temps que l'hélicoptère, son regard se perdit dans la contemplation de ce coin de Jura qui lui avait montré qu'autre chose était possible.

Il reconnut la pente sur laquelle il s'était amusé avec Tom et Lilou, la grange dans laquelle les enfants s'étaient réfugiés, le lac gelé entre les sapins. De là-haut, tout cela ressemblait aux éléments d'un décor en carton-pâte. Une simple maquette avec laquelle joueraient des gamins. Il ne parvenait même pas à trouver la vue jolie…

À mesure que l'hélicoptère prenait de la hauteur, La Marmottière disparaissait. Bientôt, le lieu-dit ne fut plus qu'une tache dans un océan immaculé. Une tache où s'évanouissait la femme qui avait saupoudré du sel sur son existence et lui avait donné une saveur nouvelle.

Cette femme que, pourtant, j'abandonne…

Tandis que ses pensées s'échappaient par le pare-brise du cockpit, Carole parlait. Et elle parlait beaucoup.

— J'ai vraiment cru qu'on n'y arriverait jamais. La prochaine fois que ton grand-père a des affaires à récupérer, tu lui répondras de se démerder. Surtout pour un paquet de cartes. Non, parce qu'on n'est pas tous à sa disposition. Lui, il est à la retraite, grand bien lui fasse, mais ce n'est pas notre cas… Enfin, ce n'est pas *mon* cas, et j'ai autre chose à faire que de louer des hélicoptères pour te tirer de la panade dans laquelle il t'a fourré… Oh oui, je sais ce que tu vas me répondre, qu'une avalanche, ça ne prévient pas, tout ça tout ça, mais quand même, à cette époque, on peut pas dire que ce soit d'une rareté folle, hein, les avalanches ; pas besoin d'être Nostradamus pour savoir que ça te pendait au nez ! Mais enfin, comme d'habitude, il a fallu que tu n'en fasses qu'à ta tête.

Elle inspira, montrant par là qu'elle en avait terminé avec les remontrances et qu'il était temps de passer à autre chose.

— Mes parents nous attendaient pour dix-huit heures, mais je suis parvenue à négocier dix-neuf heures, j'espère qu'on ne sera pas en retard ! Je t'ai sorti ton costume gris, c'est le plus potable de tous, je l'ai fait nettoyer, il est revenu du teinturier tout à l'heure, il t'attend pendu dans la salle de bains. Et puis, il faudra aussi que tu mettes ce parfum que je t'ai offert, le Gucci. *Please*, pas le Jean Paul Gaultier, d'ailleurs tu devrais le jeter celui-là, je n'en peux plus de cette odeur… Bon, sinon, faut que je te briefe : mon père voulait absolument que tu rencontres le P.-D.G. de chez Soft Technics, tu sais la boîte qui fabrique des suites bureautiques… Il a bon espoir que ton CV l'intéresse, il a parlé de toi et…

Les mots que Carole prononçait à travers les oreillettes formaient, pour Romain, un imbroglio de sons qu'il n'avait aucune envie de démêler. D'ailleurs, il n'y prêtait pas l'oreille, l'esprit désespérément accroché à l'hôtel des Cinq Marmottes.

— Mais c'est quoi, ce truc archi laid ???

Cette fois, l'intonation horrifiée de Carole avait crevé la bulle de Romain. Il jeta un œil distrait à son épouse, suivit la direction de son regard et comprit que son bonnet était tombé par terre.

Comment ça, « archi laid » ? C'est pourtant elle qui…

À moins que… Est-il possible que ce bonnet ne vienne pas d'elle ? Mais de qui, alors ?

Sa mémoire projeta des images tous azimuts à l'intérieur de son crâne. Comme s'il n'attendait que ce moment-là pour jouer son tour, son inconscient le propulsa sur le seuil de sa chambre d'hôtel, ce matin même, au moment où il avait découvert le petit paquet, puis, un peu plus tard, devant le buffet du petit déjeuner. Fanny, son regard, cette… déception… se pouvait-il que… ?

La méprise lui sauta à la figure. Évidemment que c'était un cadeau de Fanny ! Comment avait-il pu croire un seul instant qu'il provenait de Carole ? Comment avait-il pu être assez stupide pour se tromper à ce point, assez bête ?

Comme un écho lointain au tumulte de ses pensées, il entendit les gargouillis produits par la voix de Carole. Elle continuait son monologue, sans réaliser qu'il ne lui répondait pas, comme d'habitude.

— … lâcher la proie pour l'ombre… il y a des *process* à respecter, on l'a encore rappelé au *workshop* de la semaine dernière. Marc a beau s'en foutre royalement, ce n'est pas lui qui mène la barque, à ce que je sache… Je me tue à lui dire que ça ne sert à rien de tourner autour du pot, il faut prendre le *lead* sur la propale. C'est comme pour toi, il faut que tu te positionnes, je ne vais pas pouvoir t'en dégoter des centaines, des offres comme celle-là…

— Je descends, lâcha-t-il en se penchant pour ramasser le bonnet bicolore.

— Pardon ?

— J'ai dit : je descends !

— Comment ça, tu « descends » ? On n'est pas arrivés ! Tu n'as qu'à prendre un sac juste là, si tu es malade ! Il va falloir te mettre un peu au vert, si tu veux mon avis, ils ont dû t'empoisonner avec leur fromage au lait cru à tous les repas ! C'est beaucoup trop riche. J'ai vu tout de suite que tu avais pris du poids quand je suis arrivée. Je t'ai trouvé un peu bouffi. Dès que la période des fêtes est passée, je te prends rendez-vous avec Davitsa, tu sais, la nutritionniste de Maman. Elle fait des miracles. Je vais aussi voir avec Brian, mon coach, pour qu'il te cale quelques heures de sport, ça ne te fera pas de mal.

Elle tapota l'épaule du pilote.

— Il nous reste quoi, vingt minutes ?

L'homme leva un pouce : vingt minutes, ça devait être à peu près la durée de vol restant.

— Ce n'est pas dans vingt minutes que je descends, c'est tout de suite, fit Romain d'une voix étrangement calme.

Carole tourna vers lui un regard mi-interloqué, mi-méprisant. Alors, il répéta, plus calme encore, mais plus fort :

— Pas dans vingt minutes. Tout de suite.

— Tu débloques complet, ma parole ! ricana-t-elle. J'ai entendu dire que l'altitude pouvait avoir des effets délétères mais là, on dirait que tu es ivre. Franchement, tu as intérêt à te reprendre avant d'arriver chez mes par…

— Atterrissez maintenant !

Romain s'était levé.

Pilote et copilote se regardèrent, indécis.

— Non ! cracha Carole, folle de rage.

Romain se pencha sur le panneau de commande, menaçant de créer un accident terrible si sa demande n'était pas exaucée sur-le-champ. L'hélicoptère vacilla, Carole étouffa un cri de peur, le copilote tenta de contrôler Romain. Peu familier de ce genre d'action coup de poing, ce dernier priait en son for intérieur pour que les pilotes prennent rapidement la décision la plus sage.

L'hélicoptère se stabilisa et amorça une descente douce. Carole explosa :

— Qu'est-ce que vous faites ?

— Désolé, madame, répondit le pilote. On le débarque pour des questions de sécurité.

— Non ! Je vous l'interdis ! Reprenez de la hauteur ! Montez !

L'hélicoptère ne remontait pas.

— MONTEZ ! s'égosilla-t-elle. C'est un ordre !

Le copilote se retourna vers elle :

— Navré, c'est le pilote qui est seul maître à bord !

— Mais… mais… mais…, bafouilla-t-elle, écarlate de haine, tandis que, déjà, la terre se rapprochait. Vous savez combien je paie pour tout ça ?! Vous vous rendez compte de l'erreur que vous êtes en train de commettre ?! Ça va vous coûter votre job !

Puis, se tournant vers Romain, elle vociféra :

— Tu es devenu complètement cinglé ! Qu'est-ce qu'ils t'ont fait à La Termitière ?

Tandis que Carole continuait à rugir, les arbres retrouvèrent une taille honorable. L'hélicoptère toucha le sol. Le copilote sortit.

— Je suis amoureux…

— Quoi ? hurla-t-elle, la bouche tordue dans une grimace furieuse, avant d'enlever son casque et de le jeter à terre. Comment ça, « amoureux » ? D'une vache, c'est ça ? Pfff, non mais « amoureux » quoi…

Romain secoua la tête, davantage dépité par l'attitude prévisible de Carole que par la rupture qu'il était en train d'acter.

— Elle me rend heureux… Et je suis… désolé…

— Va te faire foutre !

Romain sauta sur la terre ferme.

— Au fait, c'est La Marmottière, corrigea-t-il avant que la porte claque, pas La Termitière.

Carole colla sa figure déformée par la colère contre la vitre tandis qu'il reculait afin de laisser à l'hélicoptère le champ libre pour reprendre son envol. L'engin disparut à l'horizon, dans le ciel à présent sans nuages. Le silence reprit ses droits, seulement piqué par le chant de quelques jaseurs boréaux.

Le jeune homme remplit ses poumons d'une bouffée d'air. Puis, la poitrine légère, gorgée d'oxygène vivifiant, il observa le paysage qui s'offrait à lui et nota qu'il était dans une bien jolie vallée et que le ciel avait une belle couleur. Il extirpa son téléphone de la poche de sa doudoune et sourit en regardant son écran. Il enfila ensuite son bonnet avant de se mettre en route à travers les sapins enneigés.

38

Inconsciente de ce qu'il venait de se tramer dans le ciel, Fanny avait tiré ses enfants par les bras. Vite, les bagages. Vite, la voiture. Vite partir d'ici, vite quitter cet endroit qui lui faisait tant de mal…

— Mais, Maman, et la fête ce soir ? s'était indignée Lilou.

— … et mon caribou ? avait geint Tom.

— Comment ça ? Vous partez ? s'était inquiétée Hélène en les voyant passer en trombe.

Craignant de se raviser si elle s'attardait, Fanny n'avait pas pris la peine de s'arrêter pour s'expliquer.

— Oui, on s'en va, avait-elle seulement lancé d'un ton métallique, la voix éraillée.

— Mais… c'est… impossible… les routes ne sont pas déblayées…

— Je veux pouvoir passer le réveillon avec mes parents et Jean-Noël… c'est important, avait-elle aussitôt rétorqué en réprimant un sanglot.

— Voyons, ce n'est pas sérieux, avait insisté Hélène.

Tout en talonnant Fanny, celle-ci adressait des signes discrets à Lucien, qui lui répondait par des hochements de tête las.

Touchée par la sollicitude de l'hôtelière, Fanny s'était efforcée de la rassurer tout en coupant court au débat.

— Les chasse-neige sont en chemin, c'est vous-même qui l'avez dit tout à l'heure, c'est l'affaire de quelques kilomètres avant que nous les rencontrions.

Fanny avait ordonné à Lilou et Tom de l'attendre tandis qu'elle avait pénétré seule dans l'hôtel d'un pas rapide. Elle en était ressortie une dizaine de minutes plus tard, valises et sacs brinquebalant au bout de ses bras, tremblante de chagrin et d'amertume, aidée de Franck qui s'était empressé de lui proposer son aide. Fanny n'avait pas eu la force de refuser. L'homme avait donc gravi le talus de neige jusqu'au parking, déséquilibré par le poids des sacs, trébuchant à maintes reprises. Mais il avait tenu bon jusqu'au coffre de la petite Clio rouge, à découvert à présent que la neige avait fondu sur la carrosserie.

Franck offrit de gratter le pare-brise pour enlever le givre qui obstruait la visibilité.

— Merci, bégaya Fanny en enfonçant la clé de contact sous le tableau de bord.

— Service ! répondit l'autre, jovial, tout en agitant le grattoir sur le carreau.

Si elle ne s'était pas trouvée si mal en point, elle aurait ri de l'attitude compassée du représentant. Mais elle ne rit pas. Peut-être en rirait-elle plus tard, dans deux ou cent cinquante ans, mais pour l'heure, le chagrin prenait toute la place.

— Vous ne devriez pas..., tenta à son tour Emma avant que Fanny ferme la portière.

Le pot d'échappement cracha une fumée rageuse, le moteur feula sous les coups de pédale de Fanny.

— C'est pas très bon de chauffer le char quand y a kek'chose qui nous chicote..., avait prévenu Kate.

Michèle et Pierre avaient eux aussi énoncé leurs arguments, en vain. Tous avaient échoué à faire entendre raison à la jeune femme qui avait déjà installé Tom dans son rehausseur. Même Lucien, pourtant peu loquace, avait grogné un : « Faut pas charrier, au moins pour les gosses. »

Ainsi, c'est le cœur serré que tous assistèrent au départ compliqué d'une mère folle de tristesse et de colère, d'une fillette déçue comme pas possible et d'un petit garçon aux yeux pleins de larmes tenant fermement son caribou en peluche entre ses doigts aux ongles rongés.

Les pneus peinèrent à se cramponner à la route, la neige s'était accumulée sous le châssis. Les plaques de verglas rendaient la progression périlleuse et la descente très risquée. Fanny se cramponna au volant, l'esprit concentré sur la route. C'était toujours ça de gagné : pendant qu'elle s'échinait à garder tout le monde en vie, elle ne pensait à rien d'autre. Voilà qui lui offrait une sorte de trêve et lui faisait des vacances.

Derrière, Tom et Lilou ne pipaient pas un mot.

Tout à sa déception, Lilou regardait s'éloigner la perspective d'un Noël à la montagne. Quant au caribou, jamais on ne l'apercevrait. C'était dommage, même Lilou s'était prise à imaginer que, peut-être, un caribou passerait par là, juste parce que c'était Noël et que Noël c'était aussi ça. Malgré ses dix ans et bien qu'elle ne croyait plus au Père Noël depuis fort longtemps, une partie d'elle s'attachait à conserver ce privilège de la petite enfance : croire que tout était possible et que la magie existait. Mais c'était raté, la Clio rouge les emportait vaillamment vers leur cité HLM, loin des monts enneigés et des promesses d'un horizon moins gris.

La musique que crachaient les enceintes – une compilation de tubes des années 1980 qu'Arlette adorait – n'amoindrissait pas le dépit de la petite fille.

À côté d'elle, son frère renifla. Il n'avait pas pleuré, s'était retenu depuis le départ, mais le barrage menaçait de céder. Lilou avait pris la main du garçon et cherché à le consoler silencieusement en caressant sa paume. Frère et sœur n'avaient jamais eu besoin de mots pour se comprendre, surtout depuis la mort de leur père : quand elle lui avait souri, le garçonnet avait gonflé ses épaules et essuyé le coin de ses paupières avec la patte de son caribou, façon de dire : « Je suis grand, tu vois, je ne pleure pas. »

Pas dupe des efforts de son petit frère, la fillette se lança dans une série de grimaces afin que la gaieté revienne dans l'habitacle. Le petit garçon finit par exploser d'un rire cristallin, suivi par sa sœur qui ne pouvait résister à ses propres blagues, tout cela sous l'œil discret et attentif de Fanny à travers le rétroviseur.

Soudain, le visage de Lilou changea de couleur.

— Stop ! cria-t-elle à sa mère.

La Clio pila juste devant l'homme qui levait les bras à son intention. Un millième de seconde plus tard, elle l'aurait percuté.

À l'arrière, Lilou était blême.

L'homme s'approcha de la voiture. D'un geste, il ordonna à Fanny de baisser sa vitre.

— 'jour, m'dame, gendarmerie nationale, papiers du véhicule, s'il vous plaît.

— Euh oui, bien sûr…

Interloquée, Fanny fouilla dans son sac à main avant de tendre son permis de conduire et la carte grise au nom de sa mère.

— Ce n'est pas le même nom, fit remarquer l'homme.

— Ma mère m'a prêté sa voiture…

— C'est un problème.

— Ah bon ? Pour quelle rai… ?

— C'est un problème, c'est tout, trancha-t-il, cinglant.

L'homme se mit à examiner le véhicule sous toutes les coutures. Il était petit, trapu, légèrement voûté. Il semblait très âgé. Bien sûr, mieux que quiconque, Fanny savait à quel point nous n'étions pas égaux face aux ravages de la vieillesse, mais tout de même, quel âge pouvait-il bien avoir ?

Hum, songea-t-elle en le détaillant dans le rétroviseur extérieur. *Dommage que la visière trop grande de son képi masque son visage… Et puis, son accoutrement… ce n'est pas l'uniforme réglementaire, si ? Je ne suis pas très au fait des directives, mais la dernière fois que j'ai vu un gendarme qui lui ressemblait, c'était sur TF1 dans une rediffusion du* Gendarme de Saint-Tropez… *Voilà, c'est exactement ça, ce type ressemble à Louis de Funès… enfin, plutôt Louis de Funeste, en l'occurrence.*

Un choc contre la voiture fit sursauter les trois passagers. Fanny se retourna vivement.

Non mais, qu'est-ce qu'il fabrique ? s'inquiéta-t-elle en s'évertuant à n'en rien laisser paraître devant Tom et Lilou.

— Il y a un problème avec votre phare arrière, annonça le vieux gendarme une fois revenu près de la vitre conducteur.

— Ah bon ? Mais il marchait très b…

— Il est cassé.

— « Cassé » ? Comment ça, « cassé » ?

— Cassé. Comme cassé.

Cette fois, c'en était trop. Elle déclipsa sa ceinture de sécurité.

— Vous permettez ?

L'autre afficha un drôle de sourire. Un sourire auquel il manquait des dents.

— Je vous en prie, souffla-t-il en prenant un air soudain très solennel.

À l'arrière du véhicule, Fanny ne put que constater que le gendarme avait dit vrai : le cache recouvrant le phare droit n'était plus là. À sa place, un trou béant entouré de morceaux de plastique acérés comme des lames.

— Voyez ? lança le gendarme.

— J'étais pourtant sûre que…

— Oui. Mais non. Remontez dans votre véhicule, je vous prie.

À nouveau ce ton cérémonieux qui tranchait avec l'allure désuète du petit gendarme.

Tandis qu'elle obtempérait, sa chaussure se prit dans un petit monticule de neige fraîche. Un bruit de plastique écrasé se fit entendre sous sa semelle, tandis qu'un rayon de soleil se reflétait dans le bout de plexiglas quasi à découvert.

— Vous…

Elle fulminait. Contre toute attente, l'autre se mit à siffloter. Déstabilisée par l'attitude désinvolte du bonhomme, Fanny le dévisagea avec fureur. Tout à coup, une certitude l'empoigna : ce gendarme tout droit sorti d'un vieux film ne lui était pas inconnu. Elle l'avait déjà vu quelque part. Mais où ? Si seulement il pouvait retirer son képi et la regarder en face…

— Y a un souci ? s'enquit une autre voix masculine qui remontait la route en sens inverse.

Un autre gendarme apparut. Plus grand, plus jeune. Et plus conforme, aussi, à l'idée que Fanny se faisait d'un gendarme. Un pantalon et une veste noirs à liseré gris, des gants épais, un képi avec un écusson sur la tête et une énorme visière qui dissimulait à moitié son regard.

Décidément... Qu'est-ce qu'ils ont tous à se planquer, les gendarmes ?

— Non, répondit Louis de Funeste, enfin je ne crois pas. Madame s'apprêtait à remonter dans sa voiture et à prendre la route dans l'autre sens.

— Euh... non, pas vraim...

— Ah oui ? fit de sa grosse voix le nouvel arrivant sans faire cas de Fanny.

— Eh oui, son phare est *kaput*...

— Alors, s'il est *kaput*...

Fanny assistait, sidérée, à l'échange qui se tenait sans elle.

— Non mais, excusez-moi, fit-elle à bout de nerfs. Je ne vais pas du tout dans l'autre sens ! Je descendais, là !

Le jeune la toisa d'un air rompu.

— Remontez dans votre véhicule.

— Je...

— Tout de suite. À moins que vous n'ayez envie que j'appelle des renforts.

La jeune femme jeta un coup d'œil à ses enfants, qui la regardaient avec inquiétude, et leva les mains en signe d'apaisement.

— C'est bon, j'y vais...

Vaincue, elle reprit sa place derrière le volant tandis qu'à l'arrière, Lilou tentait de faire diversion auprès de son petit frère.

— Bien, lâcha le plus jeune des types en se baissant au niveau de la vitre, vous comptez aller où comme ça ?

De la vapeur s'échappait de ses lèvres.

— Nous descendons à Lons-le-Saunier pour ensuite récupérer l'autoroute pour rentrer à Paris, c'est urgent...

— Tttt tttt tttt, c'est fâcheux, la coupa-t-il, visiblement navré. La neige est encore trop présente, la descente est impossible, il va falloir patienter, le temps que les chasse-neige fassent leur travail. Surtout avec ce phare...

Elle afficha son plus beau sourire ; peut-être que ce jeune homme n'aurait pas le cœur de contrarier une pauvre femme acculée...

— Vous êtes vraiment sûrs qu'il n'y a pas un tout petit moyen de descendre ? Une route un petit peu déneigée ? J'ai un ami qui a besoin de moi.

— Impossible. Faites demi-tour !

Elle promena son regard devant elle, à la recherche d'une échappatoire. À deux mètres de la voiture, l'autre gendarme était en train de se curer les dents à l'aide de son petit doigt. Un petit coup d'accélérateur ne pourrait-il pas régler le problème ? Elle décocha une œillade à Lilou dans le rétroviseur qui l'en dissuada en fronçant le nez.

— Remontez, c'est un ordre, insista le gendarme en noir, avec toujours cette manière en biais de placer son visage.

Fanny se sentit soudain minuscule avec sa prise de risque ridicule. Merdeuse même. Comme lorsque, gamine, l'instituteur la disputait parce qu'elle n'avait pas fait signer son cahier de correspondance. Pareil.

Accablée, et par l'injonction et par la honte qu'elle ressentait d'avoir ainsi mis en danger ses propres enfants, elle se résolut à rebrousser chemin. Elle enfonça la pédale d'embrayage et enclencha la marche arrière.

Je le retiens, Jean-Noël, avec ses vacances…

Puis, juste après :

J'espère qu'il va bien.

À cet instant, s'éleva une musique de dessin animé. Pas des enceintes, non, l'autoradio n'avait pas été rallumé. Elle provenait d'autre part.

La bouche du gendarme se tordit en un rictus gêné. Il retira un de ses gants et enfonça sa main dans la poche de son manteau. Fanny nota avec étonnement qu'elle était commotionnée. Son étonnement monta d'un cran lorsqu'elle entendit le gendarme répondre à une voix différente de celle qu'il utilisait depuis son arrivée.

— Dis, Maman, chuchota Lilou, ils ont pas des talkies-walkies, normalement ?

Fanny soupira mollement.

— Je ne sais pas ma chérie, je ne sais plus…

Elle remonta sa vitre en amorçant un demi-tour. Dans son esprit, c'était la tempête.

J'ai déjà entendu cette voix quelque part…. Et l'hématome sur la main du gendarme… Et ce vieux, là, avec son costume d'opérette… Qu'est-ce que c'est que ce cirque ?

Avec tout ça, Fanny avait oublié de regarder son propre téléphone. Dommage, elle se serait rendu compte que le réseau, ici, fonctionnait parfaitement…

— On fait quoi ? s'étonna Tom.

— Demi-tour…, répliqua sa sœur.

— Pour de vrai ?

Le garçonnet vibra d'espoir des pieds à la tête.

— Ouais, pour de vrai.

Tom voyait déjà la scène : le caribou, fier et élancé, face à lui. Il s'approcherait timidement. L'animal serait craintif, il reculerait d'abord, hésiterait, reviendrait. Mais ça ne durerait pas. Au bout d'une demi-seconde, il accepterait la présence de l'enfant et se laisserait caresser. Et il parlerait. Et ça durerait toute la nuit. Parce que c'était un rêve et que ce n'est pas interdit de rêver.

39

Voilà comment Fanny et les enfants furent de retour à l'hôtel des Cinq Marmottes.

Assise depuis près de deux heures dans le petit salon où crépitait le sempiternel feu de cheminée, Fanny rongeait son frein. Dehors, le jour tirait sur sa fin : le ciel, ou plutôt ce qu'elle en voyait depuis son fauteuil, s'était paré d'une belle couleur champagne qu'aucun nuage ne venait gâcher. Déjà apparaissait la Lune, pleine et ronde comme un pamplemousse.

Si ce court voyage en voiture avait offert des vacances à son cœur, revenir dans cette atmosphère familière avait réveillé ses sentiments. Et parmi eux, le manque, pesant et vertigineux, de Romain.

Un hélicoptère ! Merde alors ! s'insurgeait-elle encore en son for intérieur. Comment avait-elle pu croire qu'elle pouvait avoir quoi que ce soit en commun avec lui ? Ils n'étaient pas du même milieu, ils n'appartenaient pas au même monde ! Elle était venue le chercher en hélicoptère, sa superbe femme, longiligne, la queue-de-cheval autoritaire – Fanny l'entendait d'ici décréter qu'il s'agissait d'une « *pony tail* », en anglais dans le texte, tellement plus *hype* qu'une simple queue-de-cheval –, les cuisses fuselées par des années de fréquentation d'une salle de sport hors de prix, des vêtements tellement bien taillés qu'on se demandait si elle n'était pas née avec – et d'ailleurs, où les achetait-elle, au juste ?

En hélicoptère... Quand Fanny, elle, se baladait avec une vieille Clio rouge borgne. Qui ne lui appartenait même pas, en plus...

En hélicop...

— Maman, Hélène dit qu'on doit tous se retrouver dans une heure et demie devant la réception ! Il faut qu'on se dépêche de se préparer ! Faut mettre des après-ski, apparemment...

— Je suis déjà prête, mon cœur, certifia Fanny, sans motivation.

Lilou scruta sa mère avec perplexité.

— T'es sûre ? Parce que ton jean, là... C'est Noël, quand même...

Comme pour étayer sa remarque, la fillette montra le sapin rutilant, majestueux sous ses guirlandes chatoyantes.

— Tu vois, insista-t-elle, c'est Noël...

Fanny se redressa d'un seul coup, soudain préoccupée : elle venait de comprendre qu'elle n'avait pas apporté le cadeau destiné à Tom. Elle se détesta, eut à nouveau envie de pleurer quand elle avoua à sa fille d'une voix étranglée :

— Ma chérie, je n'ai pas le cadeau de ton frère, il faudra attendre qu'on rentre, je suis tellement désolée. Je n'imaginais pas qu'on serait obligés de passer Noël ici, si j'avais su...

Lilou haussa les épaules.

— T'inquiète, c'est pas grave... De toute façon, j'ai pensé à un cadeau pour Tom... C'est pas grand-chose, mais bon, comment elle dit Mamie, déjà ? « Pour marquer le coup », c'est ça ?

Fanny fixa sa fille qu'elle trouva sacrément grande. Trop grande. Le temps s'enfuyait…

— Ma chérie… si tu savais comme je suis fière de toi…

Et elle lui frictionna les cheveux, comme pour retarder le moment où elle serait adulte.

— Hé, arrête, se récria joyeusement Lilou, ma coiffure !

Lorsqu'ils furent tous devant la réception, Hélène annonça qu'ils partaient pour une petite promenade. Michèle tenait son chien à collerette dans les bras. Pour l'occasion, Monsieur Sécu avait revêtu un manteau rouge et blanc. D'ailleurs, tous étaient emmitouflés de la tête aux pieds.

— Et Lucien ? Il n'est pas là ? demanda Emma, le menton coincé dans une énorme écharpe couleur crème.

— Il nous attend déjà là-haut ! répliqua la vieille femme avant de regarder la grande horloge au-dessus du comptoir. Ouh là là, et il vaudrait mieux qu'on accélère si on ne veut pas le retrouver changé en congère.

— Et le beau sapin ? s'étonna Tom. Il vient pas avec nous ?

— Sois tranquille. Là où je t'emmène, il y en a des dizaines. Au fait, tu n'as pas oublié que tout était possible à Noël ?

Le petit garçon secoua la tête. Bien sûr que non il n'avait pas oublié, pour qui le prenait-on ?

Tous se mirent en rang d'oignons pour suivre les pas assurés de la vieille femme, formant une colonie de bibendums vaguement grotesques. Conduits par une Hélène au summum de sa forme, ils grimpèrent en riant et rirent en grimpant, mis à part Fanny qui, elle, ne faisait que grimper. Tout au long du chemin, les spéculations allaient bon train : ils ne savaient pas à quoi s'attendre. Ce séjour leur avait donné le pire comme le meilleur, alors on n'était plus à une surprise près. Ce dont en revanche ils ne se doutaient pas, tandis qu'ils arpentaient le sentier de ski de fond à la lueur des lampes torches, c'était à quel point ils allaient en avoir pour leurs mirettes !

Gais comme des pinsons, ils traversèrent une forêt de sapins. Lorsqu'ils en sortirent, les bouches s'ouvrirent dans un effarement émerveillé. Un lac glacé trônait au milieu d'une clairière. Tout autour avaient été disposés des flambeaux dont les flammes dansaient comme des feux follets et se reflétaient dans la glace.

L'endroit ne leur était certes pas inconnu, il l'avait tous déjà fréquenté le jour de la petite escapade de Tom et Lilou. Mais, ainsi sublimé par les torches, il prenait une tout autre dimension. Comme un lieu hors du temps, hors de tout.

Soudain, on entendit un gros *clac !*. Des guirlandes, suspendues comme par magie au-dessus de l'étendue d'eau, illuminèrent la surface de bleu, de vert, de rouge et zébrèrent les visages ébahis de jets de lumière multicolores. Reflétant le jeu de la glace, les verres des lunettes de Pierre s'animèrent eux aussi d'un arc-en-ciel.

Lucien apparut, tout près du groupe électrogène. À ses pieds se trouvait une énorme caisse. Hélène en sortit une paire de patins à glace.

— J'espère que vous savez patiner ! s'exclama-t-elle.

Ni une ni deux, tout le monde se déchaussa pour enfiler une paire de patins. Pendant ce temps, Lucien alluma un petit poste de musique. La voix de Tino Rossi enfla entre les conifères.

Lilou se lança la première, suivie de Tom, de Pierre, de Michèle, de Monsieur Sécu – dans les bras de sa maîtresse, cela va de soi –, de Kate qui maintenait Emma qui ne lâchait plus Hélène, et de Laurine.

Fanny, elle, demeura à l'écart, arrimée à un point invisible, quelque part entre son cœur et celui de Romain. Des flocons de neige tombaient doucement et atterrissaient sur ses épaules et ses gants. L'allégresse générale augmentait encore son désarroi. Elle avait froid, elle était malheureuse et, décidément, elle n'aimait plus vraiment Noël. Sa seule consolation se trouvait dans le bonheur de ses enfants qui patinaient un peu plus loin en hurlant de joie.

— Une fille triste, c'est comme un sapin sans épines, ce n'est pas normal…

Son cœur manqua un battement. Elle tressaillit.

Tremblante, craignant de s'être trompée, elle tourna la tête dans la direction de l'homme qui venait de prononcer cette phrase bête comme chou mais qui, pour elle, à cet instant, avait la puissance d'un proverbe croate millénaire.

Romain. Avec son bonnet violet et bleu enfoncé jusqu'aux oreilles.

Elle réprima un petit cri de surprise, lui sauta dans les bras sans se soucier de l'air d'adolescente névrosée que cela lui donnait sûrement.

— Et… ta femme… ? s'inquiéta-t-elle tout à coup.

— Envolée… au propre comme au figuré.

— Envolée, répéta-t-elle à voix basse.

Envolée, dans son hélicoptère loué pour le prix d'un loft à Palavas…

Ils s'enlacèrent aussi fort qu'ils le purent avant de s'embrasser. Ce baiser-là, échangé au milieu des flocons voltigeant au rythme d'un vent léger, avait le goût d'une première fois.

À quelques mètres de là, Hélène et Lucien se sourirent. Avant que Lucien disparaisse…

Lilou, elle, s'était arrêtée de patiner. Elle contemplait le nouveau bonheur de sa maman. Puis, se rappelant soudain qu'elle avait une tâche à accomplir, elle s'approcha de Michèle, sortit deux bandes de la poche de son pantalon, un rouleau de scotch qu'elle déchira d'un coup de dents et accrocha le tout sur le dessus de la collerette de Monsieur Sécu.

Elle se posta devant son petit frère avant qu'il ait entamé sa énième pirouette à la manière d'un mini Candeloro.

— Tiens, annonça-t-elle fièrement en lui montrant le petit chien affublé de ses bois en papier qu'elle tenait dans ses bras, le voilà, ton caribou !

Tom resta interdit une seconde, avant d'écarquiller grand les yeux. Lilou suivit le regard de son frère. Ce n'est pas Monsieur Sécu que l'enfant scrutait avec effarement.

Un souffle puissant, exhalé par deux naseaux, figea le ballet des patineurs. Comme un seul homme, tous vinrent se placer aux côtés des deux enfants. Il y eut ensuite le bruit d'un sabot grattant le sol, un ébrouement. Et, enfin, le tintement de la boucle du licol au bout duquel se tenait un Lucien silencieux. Comme tout le monde d'ailleurs. L'arrivée de la bête les avait tous pris par surprise. Même Kate, Hélène et Emma, qui avaient été à l'initiative de cette idée, demeuraient immobiles, subjuguées.

Puis Tom avança. Tout seul. Petit gars impressionné mais courageux. Il tendit le bras vers l'animal.

— Je peux ? prononça-t-il timidement à l'adresse de Lucien.

Le vieil homme acquiesça d'un signe de tête, tandis qu'au coin de son regard presque centenaire se formait une minuscule goutte d'eau salée. L'émotion…

Tom se mit sur la pointe des pieds et frôla le museau du mammifère. Lucien se baissa ensuite, souleva l'enfant et le déposa avec douceur sur le dos du cervidé. D'abord droit comme un *i*, apeuré par la hauteur qui séparait ses petites jambes pendantes et le sol, Tom effleura les bois avant de se coucher sur l'encolure. Il se cala contre le cou, l'embrassa. Et l'animal, complice ou heureux lui aussi, allez savoir, ne bougea pas pour s'offrir docilement à l'étreinte du petit garçon.

— Désolé, *couélon*, c'est un cerf, pas un renne…

Mais l'enfant ne l'entendit pas. À vrai dire, il s'en fichait bien.

Et la neige tomba de plus belle sur cette scène hors du commun où des adultes furent émus aux larmes de voir un petit bout d'homme monté sur ce cerf majestueux, au milieu de ces lumières chatoyantes, près de ce lac gelé…

Une scène qu'on aurait volontiers prolongée pendant un siècle ou deux.

40

Le jour se leva sur un 25 décembre ensoleillé. Premier debout, Franck était parti tôt, avant l'aube. Sans un mot, sans un bruit, la déception au fond du ventre et le dégoût de se promener avec un ourlet de pantalon et une chaussure souillés par l'urine de Monsieur Sécu. Apeuré par la vue du cerf, le petit chien s'était soulagé sur le représentant sans même s'en rendre compte… La poisse, décidément. Le représentant était donc retourné vendre des équipements sanitaires. La semaine suivante, il se rendrait à l'auberge de la Grande Rivière. Avec un peu de bol, il réussirait à y placer trois ou quatre catalogues et, si la chance était pour une fois de son côté, il rencontrerait une gentille serveuse pour le réchauffer. Enfin, avec son œil au beurre noir, ce n'était pas gagné…

Dans la chambre numéro 4, Fanny s'éveilla avant Romain. Elle passa rapidement la tête dans la chambre où dormaient encore ses enfants et descendit à la réception. Il n'y avait personne. Ne voulant pas remonter de crainte de réveiller ceux qui dormaient encore, elle demeura au rez-de-chaussée, seule, avec les pensées qui remplissaient sa tête et son ventre de papillons.

Par hasard, ses yeux tombèrent sur le tableau en liège situé au fond de la réception, où étaient punaisés des clichés en noir et blanc d'une époque révolue. Là, un bûcheron prenait solennellement la pause devant un tronc gigantesque. Ici, un sabotier présentait son établi pendant que, sur les photos d'à côté, deux cardeuses se penchaient en souriant sur leur métier à carder et qu'un jeune homme se pavanait en béret.

C'est à ce moment-là qu'elle s'aperçut qu'une des photos ne cadrait pas avec les autres. Bien moins cérémonieuse, elle montrait cinq bambins juchés sur un rocher. Ils devaient avoir six ou sept ans. L'un d'eux était une fillette, ses cheveux longs et bouclés encadrant un visage poupin, les genoux découverts sous une jupe plissée. Les autres, quatre garçons en culottes courtes, arboraient des mines bravaches. On sentait qu'ils s'impatientaient, sans doute pressés de sauter et de gambader. D'ailleurs, avec un peu d'imagination, on pouvait les entendre se plaindre, maugréer et gémir que, ça y était, qu'on en avait marre, qu'il allait bientôt faire nuit et que…

L'un d'eux tenait une carte à jouer. Et ce regard-là ne trompait personne. Pas Fanny, en tout cas. La stupeur la gagna tandis que, le cœur battant, elle passait derrière le comptoir pour mieux scruter les marmots.

Jean-Noël était là, sur cette photo, sûr de lui. Des cheveux courts, une salopette-short, un minois amusé, une dame de cœur fièrement tendue vers le photographe.

À côté, c'était Hélène, la jeune femme en aurait mis sa main à couper. Les yeux n'avaient pas changé.

Ni la forme de son visage, rond comme une jolie pêche.

Près d'eux, un gamin boudeur, plus grand que les autres. Lucien. Le regard ne change jamais.

Jamais.

Exaltée comme une enquêtrice près de résoudre une énigme inextricable, Fanny poursuivit son analyse. Elle n'en revenait pas de la facilité avec laquelle elle pouvait remettre les deux autres. Le petit châtain, là, avec sa jambe surélevée et son auriculaire dans la bouche, c'était Louis de Funeste et, accessoirement, le responsable de l'unique tire-fesses de la station. Quant au grand avec ses sourcils froncés, elle l'avait vu dans l'étable lorsque Lilou et Tom avaient disparu. Il portait désormais une grosse barbe mais la similarité du regard était, là encore, indiscutable.

Une barbe… une barbe…

Le front de Fanny se plissa, signe d'une intense réflexion. Les idées entraînaient d'autres idées, chaque constatation une nouvelle supposition.

Une barbe…, se répéta-t-elle sans comprendre la raison pour laquelle son esprit butait de la sorte. Ce n'était qu'un détail, après tout… Une barbe ! Soudain, ça y était, elle avait mis le doigt sur ce qui la tarabustait : elle se remémora tout à coup cette fin d'après-midi au cours de laquelle l'avalanche s'était déclenchée et ce qu'elle avait vu à ce moment-là, sans y prêter grande attention : un type barbu dévalant une pente à toute vitesse après une explosion.

Un type barbu ? Le même ? Il lui était absolument impossible d'en être certaine, en vérité, l'homme était passé bien trop loin ce jour-là et bien trop vite pour qu'elle le reconnaisse formellement. Pourtant, la voix au fond d'elle était sans appel, une intuition en somme, qui n'avait nul besoin de faits pour clamer l'évidence : l'avalanche n'était pas tombée du ciel. Quant à l'homme barbu, il n'y était pas pour rien.

Avait-il agi seul ?

Fanny observa les cinq marmots défiant l'objectif.

Bien sûr que non, se dit-elle, le cœur serré de reconnaissance envers ceux qui s'étaient alliés pour changer le cours de quatre vies, celle de Tom, de Lilou, de Romain et de la sienne.

Les cinq marmottes, évidemment. Et dire que c'était écrit sur le fronton de l'hôtel depuis le début…

41

Quelques heures plus tard, à cinq cents kilomètres de La Marmottière, les pensionnaires des Tilleuls étaient réunis dans le réfectoire transformé en salle des fêtes pour l'occasion. Le déjeuner de Noël était une institution dans la maison de retraite. Galantine pistaches et foie gras, dinde aux marrons avec pommes duchesse, plateau de fromages, puis bûche génoise accompagnée d'une crème au beurre Grand Marnier. Et, enfin, une amande enrobée de chocolat pour faire descendre le café.

Les discussions allaient bon train et recouvraient les airs de musette joués par un accordéoniste. Bientôt, le repas serait terminé et les tables déplacées. Le linoléum de la cantine deviendrait une piste de danse où les corps se jetteraient dans des valses et des rocks endiablés.

Pour l'heure, des agents s'affairaient à monter une petite estrade…

Travailler le 25 décembre n'avait jamais été un problème pour Nadia : sans enfant, sans mari et sans attache véritable, elle appréciait l'atmosphère festive qui régnait à la maison de retraite en ce jour si spécial. Évidemment, elle savait que la plupart des personnes âgées qui se trouvaient là auraient préféré passer Noël auprès des leurs – enfin, pour ceux qui avaient la chance d'avoir une famille. Aussi se démenait-elle, comme tous ses collègues d'ailleurs, pour leur faire oublier les absents et ceux qui n'avaient pas pu – ou pas daigné – venir les chercher.

Les sourires étaient au rendez-vous. Chacun, personnel comme pensionnaire, avait revêtu ses plus beaux atours. Les paillettes étaient de mise, la laque aussi. C'était un déjeuner réussi. Même Carambar avait enfilé un nœud papillon pour se mettre au diapason des autres convives.

Les assiettes à dessert se vidaient à grande vitesse. Déjà, des employés serpentaient entre les tables et versaient du café dans des tasses en plastique. Nadia regarda sa montre. Ça allait bientôt être à lui.

Elle se dirigea d'un pas vif vers le couloir.

— Prêt ?

Jean-Noël s'échinait à attacher ses boutons de manchette.

— Tu m'aides ? Je ne suis plus sûr de savoir comment on met ça…

Nadia prit les bras du vieil homme et attacha les crochets en plaqué or un à un. Quand elle eut terminé, elle se recula pour admirer le résultat.

— Alors ? s'inquiéta le magicien en tournant sur lui-même.

— Alors, vous êtes…

Elle cherchait ses mots, se plaisait à le faire mariner.

— Tu me trouves ridicule, c'est ça ? Je me demandais si la queue-de-pie, ce n'était pas un peu trop…

Elle sourit de toutes ses dents.

— Ça déchire.

Il haussa un sourcil. Elle traduisit.

— Vous êtes très élégant.

Elle déposa un baiser sur sa joue moelleuse.

— Il est formellement interdit de déconcentrer l'artiste, plastronna-t-il tandis qu'il attrapait son haut-de-forme et entrait en piste sous les applaudissements nourris de la salle.

L'artiste, se répéta Nadia. À présent qu'elle le voyait dans son beau costume de scène, c'était évident que cet homme-là était de ceux qui font rêver les autres. Elle ne s'expliquait pas la raison pour laquelle il avait jusqu'à présent tenu secret son ancien métier ni, surtout, pourquoi il s'était levé ce matin-là, avant l'aube, en réclamant que lui soit octroyé un peu de temps. « Pour faire de la magie », avait-il expliqué. Et il avait ajouté : « Je n'ai jamais su faire autre chose » à une Nadia qui semblait avoir pris un trente-huit tonnes sur la tête tellement elle était ahurie de voir au petit matin :

1) Jean-Noël debout ;

2) debout ET sans Carambar ;

3) debout, sans le chat de mauvais augure ET sans quinte de toux ;

4) le smoking suspendu à la porte de la petite armoire et une valisette contenant un tas d'accessoires, foulards, jeux de cartes, tubes à essai, etc., ouverte sur le lit.

Il avait simplement déclaré : « J'ai reçu un coup de fil cette nuit. Il paraît que, chez moi, Noël a déjà porté ses fruits ! Haut les cœurs et ne fais pas cette tête-là, les chats dans la gorge, ça finit toujours par passer… »

Décidément, Nadia avait beau y penser depuis sa prise de service, elle n'y comprenait rien.

Mais, après tout, pourquoi chercher à tout expliquer ?

Elle soupira, heureuse de cette nouvelle résolution de lâcher du lest concernant les mystères de la vie, et revint au réfectoire.

— Allez, Germain, prends une carte et ne me dis pas ce que c'est… Et si j'ai raison, tu m'offres un sonotone.

La salle explosa de rire.

ÉPILOGUE

Les roues de l'appareil s'ébrouèrent au contact de la piste. La voix du commandant de bord résonna dans la cabine où les passagers commençaient à s'agiter :

« Mesdames et messieurs, nous venons d'atterrir à Québec. La température extérieure est de 1 degré Celsius, ou 33,8 degrés Fahrenheit. Nous vous remercions de rester assis et de garder votre ceinture attachée jusqu'à l'extinction du signal. *Ladies and gentlemen…* »

— Un degré…, soupira son voisin en ajustant une des rares mèches qui parsemaient son crâne brillant.

— Oh, moi, vous savez, on peut pas dire que le froid me fasse peur, rétorqua Hélène, ragaillardie à l'idée de pouvoir bientôt se dégourdir les pattes.

La vieille femme était exténuée. Elle qui n'avait jamais pris l'avion de sa vie n'avait pas versé dans la facilité : après un trajet en train qui l'avait menée jusqu'à Paris, elle avait embarqué sur un Boeing estampillé Air Canada pour un vol Paris-Québec de presque huit heures. Voilà plus de vingt-quatre heures qu'elle avait quitté La Marmottière…

Pendant le voyage, elle avait regardé un film, écouté trois fois l'album d'une chanteuse dont elle ne se rappelait pas le nom – Dion, Fion ou Lion, elle n'était pas bien sûre –, avait somnolé un petit quart d'heure, s'était étonnée de la couleur du café qu'un steward séduisant avait posé sur sa tablette, avait noirci quelques cases de la grille de mots mêlés de la page 7 du magazine acheté à l'aéroport sur les conseils de Romain et Fanny, s'était régalée des madeleines au citron préparées par Arlette, avait contemplé une bonne dizaine de fois le dessin réalisé par Lilou sur lequel la fillette avait écrit « Bonne chance ! » et « Tout ira bien… » d'une écriture cursive surmontée de confettis multicolores, et avait enfilé ses bas de contention, avant de les retirer sous prétexte qu'ils la comprimaient trop.

Du coup, après toutes ces aventures, elle n'était pas fâchée de retrouver la terre ferme.

Vaguement déboussolée par l'immensité de l'aéroport, elle adressa un gentil sourire au douanier, récupéra son bagage et passa les contrôles sans rien déclarer – même pas les six bouteilles d'absinthe qu'elle avait pris soin d'emballer dans des serviettes-éponges. D'ailleurs, à Laurine qui s'était offusquée de la voir charger ses liqueurs au fond de la valise, elle avait avoué que les contrôles ne la tracassaient pas plus que ça : qui aurait l'idée d'enquiquiner une femme de son âge ? Au pire, elle plaiderait la sénilité. « C'est un truc qui marche bien… », avait-elle indiqué à son employée ahurie avec son entrain habituel.

Hélène était maintenant devant la grille, à balayer la foule du regard. Une vague angoisse la saisit à l'idée de se trouver seule dans un pays qu'elle ne connaissait pas.

Et si elle m'avait oubliée ?

Mais son inquiétude fut de courte durée : très vite, la chevelure auburn de Kate se détacha du reste de la foule venue accueillir les voyageurs.

Dès qu'elle aperçut la grand-mère d'Emma, la jeune femme s'éclaira d'un immense sourire et s'anima avec de grands signes de la main. Elles s'étreignirent en s'embrassant bruyamment sur la joue, puis Kate saisit le chariot d'Hélène.

— Le voyage s'est bien passé ?

— Pas trop mal, à condition d'aimer les boîtes à sardines… Je suis rudement contente d'être arrivée. La classe éco, c'est bon pour ceux qui ont des petits abattis. Et pourtant, les miens ne sont pas bien gros…

Ne pouvant attendre plus longtemps, Hélène entra directement dans le vif du sujet.

— Comment va-t-elle ?

— Emma ? ou… Emmy ?

Le regard de la vieille femme s'embua ; ses jambes vacillèrent. D'une voix pétrie d'émotion, elle demanda, non pas pour être certaine d'avoir bien entendu – elle n'était pas sourde, c'était ce qu'elle se tuait à répéter à Lucien qui, lui, en revanche, parlait de plus en plus fort –, mais pour rendre concret ce rêve dont elle avait peur, chaque matin, de s'éveiller :

— C'est… une petite fille… ?

Kate hocha la tête.

— Elle a tes yeux, Hélène. C'est border angoissant d'voir à quel point elle te ressemble…

Hélène essuya une larme discrète.

— Et Emma ? bredouilla-t-elle en tentant de refréner les tremblements qui agitaient sa main et son mouchoir.

— Elle t'attend, répondit Kate en la prenant par les épaules.

— Et… ?

— Christine ?

Hélène acquiesça, les mots tout à coup coincés dans sa gorge. Oui, Christine, sa fille.

— Elle est dans le char, elle a hâte de t'voir.

— Forcée ou… ?

— Non, pas du tout, c'est elle qui s'est proposée… T'sais bien qu'on ne force pas la Christine…

Hélène ne put réprimer un sourire attendri à l'évocation du caractère de cochon de sa fille.

— Comment tu as fait, pour qu'elle accepte ?

— Je lui ai promis que tu lui raconterais une histoire à dormir debout… une histoire d'amour sans caribou… Allez, viens, le char est juste là…

UNE AVALANCHE DE REMERCIEMENTS

Mes premiers remerciements s'adressent à vous qui tenez ce texte entre les mains et qui rendez tout cela possible. Vous avez été nombreux à tenter l'aventure de mes précédents romans. Vous n'imaginez pas le bonheur que me procurent vos messages et vos encouragements depuis le début de cette aventure. Si je savais déjà qu'un roman était un condensé d'émotions, je n'avais pas idée, avant, d'à quel point il pouvait devenir un formidable terrain d'échanges. Merci merci merci pour cette aventure humaine incroyable et pour tous ces moments passés à vous lire. C'est précieux.

J'espère de tout cœur que cette histoire de Noël, de marmottes, de neige et, surtout, de caribou, aura su vous séduire, que vous aurez ri et pleuré aux côtés de Fanny, Romain, Hélène, Franck et tous les autres. Si le cœur vous en dit, n'hésitez pas à laisser un petit commentaire sur le site d'achat et/ou à m'écrire à : charliewat.auteur@gmail.com

Ce roman n'existerait pas sans mon mari. Ce livre, comme ceux qui l'ont précédé, c'est aussi le sien. Je ne compte pas les heures passées ensemble à sculpter ces personnages, à leur inventer un passé, un présent, un avenir. Avec tendresse, patience et bienveillance, il leur a donné vie et leur a dessiné un décor, avant de me relire avec attention et de pointer les incohérences (trop nombreuses) qui m'avaient échappé lors de la rédaction. *Une histoire d'amour sans caribou* n'aurait jamais pu ressembler à ça sans lui. Cette histoire est la sienne et ce roman un nouveau bébé dans notre existence.

Merci à toute l'équipe des éditions Charleston de porter mes romans avec l'enthousiasme qui vous caractérise.

Merci à Cynthia Kafka d'avoir su voir dans ce texte un peu de magie.

Merci aux nombreux(ses) influenceurs(seuses) qui me suivent et soutiennent mes histoires avec engouement et ferveur. Je vous dois beaucoup.

Merci merci merci !

Et à bientôt pour de nouvelles aventures !

La communauté Charleston a aimé !

Chez Charleston, nous sommes convaincus que, loin d'être une aventure solitaire, la lecture est une invitation au partage. Nous échangeons constamment avec nos lecteurs et lectrices, et nous sommes fiers de la belle communauté d'amoureux des livres que nous formons tous ensemble. Chaque année, nous choisissons au sein de cette communauté vingt lectrices et lecteurs qui nous accompagnent tout au long de l'année, et découvrent nos romans en avant-première. Voici leurs avis !

« Plus je lis cette autrice et plus j'aime sa plume et ses univers. Elle me transporte à chaque roman et j'en ressors toujours très émue et avec l'envie d'en lire toujours plus. »

@mariellepassionlivres

« Un roman qui vous accompagnera sous votre plaid et qui saura vous apporter un peu de magie pour cet hiver. Et même si vous ne croisez pas de caribou, l'amour pourrait être au rendez-vous ! »

@la_tete_dans_mes_livres

« J'ai été complètement transportée dans cette petite ville pittoresque, un cocon chaleureux où les cœurs s'émerveillent et les destins s'entremêlent. Les personnages sont tous plus attachants les uns que les autres, avec leurs qualités, leurs défauts et leurs petits secrets. »

@les_lectures_de_manoon

« Une plume fluide et sensible, une belle dose d'émotions Une histoire qui fait du bien et qu'on referme le sourire aux lèvres. »

@folle_delivres

« Coup de cœur pour cette escapade magique remplie d'humour, d'amitié et d'amour dans le Jura ! Avec ou sans caribou, ce beau roman va vous toucher en plein cœur ! »

@lavieenlivresdefrançoise

« J'ai passé un très bon moment avec Fanny et ses enfants. Entre deux chocolats chauds, préparez-vous pour une promenade dans la montagne enneigée ! »

@lecturedudimanche

« La plume de Charlie Wat est fluide et très agréable à lire. Elle sait créer des moments drôles, d'autres plus profonds, toujours avec justesse. On se sent bien avec ses personnages, comme si on faisait partie de cette aventure humaine un peu magique. »

@flora_bouquine

Cet ouvrage est composé de matériaux issus de forêts
gérées durablement certifiées PEFC™.
Le Programme de reconnaissance des certifications forestières
(PEFC™) est le plus grand organisme mondial indépendant
de contrôle pour une gestion durable des forêts.
Pour en savoir plus, consultez le site www.pefc-france.org

PEFC™ PEFC/14-38-00277

Achevé d'imprimer en août 2025
par Novoprint
Dépôt légal : octobre 2025
Imprimé en Slovaquie